我的出走日記

4

前言

- 本書在尊重朴海英編劇的劇本寫作形式的前提下，根據原劇本進行編輯。

- 考慮到戲劇台詞的口語形式，為了呈現劇中語感，即使與現有韓文拼寫規則有所出入，仍保留這樣的表達方式。

- 逗號、句號等標點符號與台詞換行方式亦遵循作者的方法。

My
Liberation
Notes

我的出走日記

4

朴海英 劇本書

莫莉、郭宸瑋、黃寶嬋／譯

用語列表

INS.（insert）	連續畫面之間插入的畫面。
#（scene）	場景。同一場所、同一時間內發生的連續行為或是台詞所構成的場景。
E（effect）	效果音。畫面之外響起的聲音或台詞。
F（filter）	電話另一頭的話聲或內心獨白。
OL（overlap）	前一個畫面與後一個畫面重疊的場景轉換手法，或是一個人的台詞結束之前，銜接另一個人的台詞。
切入（畫面跳轉）	從一個場景過渡到另一個場景。
蒙太奇（montage）	將多個場景組合再一起，並在短時間內呈現出來的剪輯手法。

目錄

朴海英編劇金句解說

「不要像我一樣渴望愛情，讓你的愛意爆發出來吧。」
第四集第三十六場戲，賢雅的台詞。

我自己也想嘗試這種感覺，用愛爆發！

「喝醉的我，比清醒的我更有人情味。」
第六集第四十五場戲，具先生的台詞。

這是我一位愛喝酒的朋友說的，
這句話點醒了我，原來我們喝酒，
說不定是因為我們更愛喝醉的自己。

「呼，好久沒有哭得這麼痛快了。」
第七集第六十場戲，琦貞的台詞。

這是琦貞在社區公車裡大哭時說的話，
她好像一下子就從悲傷裡走出來，所以我很喜歡。

「三歲的時候……七歲的時候……十九歲的時候……
我想要坐在年幼時期的你身邊，靜靜地陪在你身邊……」
第八集第七十一場戲，美貞的台詞。

「我要把孩子揹在身上，也想把你揹在身上，
我想把一歲的你揹在身上。」
第十二集第六十三場戲，美貞的台詞。

充滿溫暖，因此很喜歡。

「哥，我不是一元硬幣，我好像就是那座山，
我好像該回去那座山。」
第十五集第六十七場戲，昌熙的台詞。

看著昌熙坦然接受自己該走的路，讓人感到心疼。

13

「今夜毫無畏懼的我，成為了武士。」

1　半山腰（白天）

具先生在安靜的半山腰，強忍著寒意，不停發抖，

然後聽到槍聲，群鳥飛舞。

申會長結束射擊，與同行者交談。申會長頭戴毛帽，身穿厚衣，與旁人相談甚歡。具先生則只穿了件大衣，不斷發抖……

申會長往具先生的方向走去，兩人對望。

具先生　有一位經理闖禍被警察抓了，不是因為夜店的事，而是他私人的事，但是經理聊天室被查到了。

申會長　……（思考）

具先生　他們已經知道卡座的行情了，我們必須如實上報才行。

申會長　既然如此……那我們也只能抬價了……

具先生　……

2　山腳下（白天）

空曠的平地上只停著具先生的車。

具先生一下山，

杉植馬上下車替他開門，具先生上車。

3　行駛中的車（白天）

具先生一上車，隨即拿起一旁的酒喝，

車子迅速發動，具先生望向窗外，身子不停發抖，一邊喝酒。

4　夜店1前（其他天，白天）

#客人在排隊，警衛維持秩序，

具先生的車子抵達，

具先生下車，杉植提包包下車，

警衛替他們開門，具先生走在前方，杉植在後。

#兩人走下樓梯。

#大廳內人頭竄動，員工準備開始營業，擺設餐桌，經理們則在競爭座位（比賽剪刀石頭布，贏的話就打電話給客人說「預約到位子了」）。具先生走過這些吵雜的景象，走進走廊，拐彎。

#辦公室裡，桌上擺著五萬韓元一綑的紙鈔，共有一億五千萬韓元。

桌邊有兩本每日營業額的損益報表（帳簿紀錄與實際營銷）。

具先生站著，手上拿著酒杯，看著計算機，

似乎沒有問題，乾杯後將酒杯砰地一聲放下！

走出包廂，杉植將錢與帳簿收進包包。

5　夜店2前（晚上）

　　#具先生與杉植穿越與警衛爭執的隊伍。

　　#店內已經在營業，音樂吵鬧，

　　具先生與杉植快速穿越。

　　#辦公室裡，放了大約價值兩億韓元的錢，

　　具先生看報表，搖晃手中的酒杯，然後一口氣喝光！

　　轉身離開，杉植將錢收進包中。

6　賢振的店・外觀（晚上）

　　牛郎店與夜店不同氛圍，在稍微安靜的地區。

7　賢振的店・辦公室（晚上）

　　桌上大約有五千萬韓元，與之前的店有著顯著的差距，

　　具先生沒有拿起酒杯，手指在桌上敲打……

　　來回看著報表與錢，然後望向前方，

　　賢振目光閃爍，迴避視線。

賢振　最近有很多欠款的單……

具先生　是客人欠款，還是經理欠款？

賢振　……（似乎是經理欠款）

具先生　把帳簿拿來。（大聲）叫經理們進來！

　　　　具先生向杉植使眼色，杉植走出去。

具先生　（低聲，語氣冷酷）你又去賭博了對吧？

賢振　　（惱羞成怒）你瘋了嗎！我都戒賭多久了，真的沒有！

具先生　（不相信，等待時機）

　　　　#走廊，十幾名經理走進辦公室。

8　　　賢振的店・辦公室（晚上）

　　　　具先生翻開帳簿，站著朝一名經理（鄭旭）說：

具先生　你當經理多久了？

鄭旭　　三個月了。

具先生　為什麼三個月就這麼多欠款？這筆欠一百二十萬是怎麼
　　　　回事？

鄭旭　　客人換了手機號碼就消失了。

具先生　公關那邊都問不出來嗎？

鄭旭　　就算問了……也很難把錢收回來，都是沒錢的女人。

具先生　（見狀）！

鄭旭　（感覺需要替自己辯解）她們是兩個人，偶爾會擠出一點薪水來消費，結帳時也要刷好幾張卡才能結……我記得是這樣……

具先生　你明知道她們薪水不多，會賴帳、搞失蹤，還讓她們消費？

鄭旭　！

賢振　（知道具子敬要爆炸了）

具先生　春子！！

　　　#大廳，杉植吃著零食，然後看向左右兩側，沒有人起身，恍然大悟後馬上跑過去。

9　賢振的店・辦公室（晚上）

杉植　您叫我嗎？

具先生　打電話叫扒手來。

眾人　（一聽到馬上皺起眉頭）

杉植　扒手大哥今天去釜山收款了。

眾人　……（稍微安心）

具先生　……（朝鄭旭說）你有拍她的身分證吧？（走出去）跟我來。

鄭旭　……

賢振　（表情不悅）

10　賢振的店・走廊（晚上）

具先生走出辦公室，朝休息室走去，鄭旭跟在後頭，

公關們全貼著牆壁兩側站，

包廂門打開時能聽見酒醉女子的高喊聲。

11　賢振的店・休息室（晚上）

具先生迅速走進去，眾人馬上挺直身子問候，

原本在玩牌的男子紛紛迅速問好，丟下手中的牌，

具先生接過鄭旭的手機，丟到桌上。

具先生　說出你們知道的情報。

眾人輪流看著手機相片裡的身分證，沒遇過女子的人把手機交
給下一個人。

#大廳一角，店裡的員工跟杉植說：

員工　為什麼代表每次都叫你不同的名字？有時候春子，有時
候末子⋯⋯

杉植　（噴噴）我⋯⋯不是改名了嗎？代表好像⋯⋯很不喜歡
那個名字。

員工　你改叫什麼？

杉植　（看臉色）

員工　該不會叫什麼「彬」之類的？

杉植　（看著他）

員工　可惡。

12　賢振的店・休息室（晚上）

一名男子看著手機認出來。

男子1　啊，我知道，這個姐姐一喝醉就會講方言。

男子2　（看著）跟胖妞一起來的姐姐嗎？

男子1　有些姐姐怕走漏風聲，所以同行的友人都不會變，她們其實看起來沒有很親近，但一定會一起來。（朝男子2問）她不是在皮膚科工作嗎？

男子2　（思考）化妝品店。

男子1　沒錯，化妝品店。

具先生　哪裡的？

男子2　我記得是個很過氣的地方。（彈指）明洞！我記得是明洞的百貨公司，她在百貨公司上班。

具先生馬上走出去，鄭旭將手機收回。

13　行駛中的車（晚上）

杉植面不改色地開車，一旁是小弟。
具先生的旁邊坐著鄭旭。（車內時間顯示為七點四十五分）

具先生　讓你看看我是怎麼在兩週就當上經理，然後一年成為社
　　　　長的⋯⋯

鄭旭　　⋯⋯

14　百貨公司的化妝品專櫃（晚上）

具先生推開一邊的門，
百貨公司一樓播放著輕柔的古典樂，
具先生大步走著，與安靜的氛圍格格不入，
左顧右盼，找尋女子⋯⋯
鄭旭則是暗自希望女子不在，緊跟在具先生身後⋯⋯

具先生　在～那裡呢？

鄭旭　　！

具先生　愣著幹嘛？我都看到了，你沒看到嗎？右手邊一點鐘方
　　　　向。

鄭旭鼓起勇氣，想出聲⋯⋯卻害怕了。

具先生馬上越過他，大聲說：

具先生　喂，在牛郎店白吃白喝的賤貨！

　　　　旁人全都嚇到，
　　　　原本彎身整理商品的女子瞬間臉色發白，緩緩起身，
　　　　僵直地看著聲音的來處，具先生大步走來。

具先生　在男人堆裡左摟右抱，還喝免費的酒很開心吧！

　　　　女人全身動彈不得，感覺隨時要昏厥，
　　　　百貨內所有人全盯著具先生看，
　　　　具先生頂著一股駭人的氣勢走過去，
　　　　女子近乎腿軟，具先生站在女子前方。

具先生　把我的錢還來，****！
女子　（緊閉雙眼）

15　百貨公司一角・ATM前（晚上）

　　　　女子雙手顫抖地操作機器，由於太過緊張而按錯鍵，機器發出
　　　　警示音，女子緊閉雙眼，深呼吸，撫摸著臉。
　　　　鄭旭看著女子，與她承受相同的壓力，

女子領完錢，一不小心把錢撒在地上，

女子蹲下撿，鄭旭也蹲下，

具先生在一旁看，然後離開，表情未變。

16　百貨公司前（晚上）

左顧右盼後，車子停在正前方，

具先生上車，車門關上。

17　行駛中的車（晚上）

具先生打開酒瓶，灌下酒。

杉植安靜地開車，副駕駛座的小弟也沉默地坐著。

18　商辦大樓・走廊（晚上）

＃具先生與小弟走進無人的大樓。

＃申會長也與小弟走進大樓的走廊。

19　商辦大樓（晚上）

具先生與申會長坐在沙發上，身穿西裝的男子在記帳，兩側的小弟將錢放進數鈔機，數完後捆綁。結束後，小弟將現金放進申會長的包包，穿西裝的男子把報表與帳簿放進保險櫃。

20　商辦大樓‧走廊（晚上）

申會長與小弟走往反方向，
具先生與小弟走另一個方向。

21　具先生的店前（晚上）

看來是招待所，但外觀像咖啡廳或高級餐廳的靜謐氛圍，
具先生的車子駛近，具先生下車，小弟下車。

小弟　（鞠躬）辛苦了。

具先生走進去。

22　具先生的店 · 辦公室（晚上）

室內很安靜，具先生獨自喝酒，

似乎沉浸在某種思緒之中，眼神迷茫，

雙眼布滿血絲，身體疲憊，但很清醒，

每當門開關時，都能聽到唱歌聲、酒醉的吆喝聲。

23　具先生的店（晚上）

#走道上，門前竟然有一台嬰兒車，

門內是廚房，店裡工作的姐姐抱著孩子（大約七個月大），廚房的阿姨在製作小菜，一起哄孩子。

#這時，孩子的媽媽穿著拖鞋跑來，雙眼冒火，身後跟著兩名警察，到處找人，最後看到嬰兒車後跑過去。當她看到孩子乖乖地在廚房時，馬上罵出髒話，到處打開包廂門，而姐姐明白現在的情況。

姐姐　媽媽來了，回家吧，你的衣服在哪裡呢……

姐姐抱著孩子走出來，這時女子在找丈夫。

女子　（E）你這傢伙！你還是人嗎？怎麼可以帶小孩來這裡？

男子　（E）誰叫你把孩子放著就出門？

姐姐看著兩人爭執，將孩子抱走。

#她似乎將孩子放在辦公室，空手走出來，並關上（具先生辦公室的）門。

24　具先生的店‧辦公室（晚上）

具先生一動也不敢動，

孩子在對面的沙發上，

辦公室裡一片安靜，兩人對視，

外面傳來女子與男子的吵架聲，

具先生與孩子對望，

原本拿著酒杯，不知所措，想以酒杯乾杯，

孩子則拿著奶瓶，看起來隨時會哭……

具先生神情緊張，怕孩子會哭，

就在兩人對視時，姐姐拿衣服過來，

具先生鬆一口氣，

姐姐替孩子穿上衣服，然後抱起來。

姐姐　回家吧……（抱起嬰兒，朝具先生說）叔叔再見……

具先生正要喝酒，停頓下來，不知道是否該說再見，

小孩被抱走，具先生喝下一口酒，感覺悵然落失。

25　行駛中的車（晚上）

具先生坐在後座，呆望窗外。

杉植　您該吃晚餐了吧？

具先生　……

杉植　您今天一口飯都沒吃。

具先生　……凌晨三點吃的飯算晚餐還是早餐？

杉植　……我認為睡前吃的是晚餐，醒來吃的是早餐。

具先生　……

26　常去的酒吧（晚上）

具先生坐在安靜的酒吧裡，

一名中年女子（經理）靜靜走近。

經理　（輕聲）用過餐了嗎？

具先生雖然看了她一眼，但不想回答，什麼都不想做。

經理　新來的廚房阿姨很會做飯，你吃吃看吧。

經理走進廚房，

具先生不在乎，累得想躺在吧台，

經理再次走過來。

具先生　你看過小孩嗎？

經理　　？

具先生　小孩。

經理　　小孩……好像很久沒看到了。（覺得訝異）怎麼突然提
　　　　小孩？

具先生　……（停頓）店裡……來了一個孩子。有個瘋子……帶
　　　　小孩過來……（說明很麻煩，認為話題就該這樣結束）

經理　　（收拾）感覺像小鳥飛進來呢。

具先生陷入思考，似乎真是如此……

經理將飯菜放到具先生面前。

經理　　請慢用。

具先生看著飯菜。

具先生　！

這與美貞家的地瓜莖一樣（非曬乾的菜，而是川燙後冷凍的地
瓜莖）。

具先生盯著看，有點想迴避，因此喝酒。

27　具先生家・大樓前（隔天，白天）

具先生站在空蕩的街道，車子呼嘯而過，今天也一樣寒冷，
不久後，一輛車駛近，杉植下車。

杉植　老闆好！

杉植趕緊打開後座，但具先生沒有隨即進車，
動作很緩慢，彷彿被逼著上車，
車子駛離，剩下空曠的街道。

28　具先生辦公室（白天）

具先生呆坐在椅子上，再度喝酒，
坐了一陣子後……突然大聲吼叫！

具先生　美貞！廉美貞！

〔INS. 第七十一場戲，美貞公司前，美貞聽到呼喊後回頭。〕
具先生眼神迷茫。

杉植　您叫我嗎？
具先生　（催促）你有什麼想做的嗎？

杉植　什麼？

具先生　我想讓心情好一些，但不知道要做什麼，所以我願意成
　　　　全你想做的，你想做什麼？

杉植　（眼神晃動）

具先生　難道沒有「如果今天發生這件事就好了」的念頭嗎？

〔INS. 第七十一場戲，美貞公司前，志希：（只有聲音）難道沒有
嗎？美貞聽到後欲言又止。〕

具先生　（E）你說啊！

杉植　（大聲）我想回家！

具先生　！

杉植　（講完後激動又有些尷尬）

具先生　！

杉植　（哭腔）我想……（忍住）我想回羅州的老家！

具先生　……！

29　具先生的店・大廳（白天）

杉植拿著五萬韓元的紙鈔，總共有一百萬韓元，邊走邊喊：

杉植　我要回家了！（開心）

30   具先生的店·辦公室（白天）

具先生無聲地坐著，然後突然起身。

31   都市一角（白天）

具先生大步走著，

然後……走進地鐵站。

32   行駛中的電車（傍晚）

電車內，具先生靠在門邊，既期待又害怕，

當電車開到地面上時，看著窗外一片紅橙橙的夕陽，

心情變得平靜，專心望著，

視線停留在某處。

看到自由教會的看板「今天將有好事降臨在你身上」，

猶如看到熟識的人，露出安心的微笑，

特寫具先生的臉部表情……

#鏡頭遠拍不斷蜿蜒而去的電車。

33 都市一角（白天）－二〇一九年秋天

落葉飄落，

不久後，不僅是落葉，感覺時間快速倒轉。

34 美貞公司‧辦公室（白天）

加濕器不斷冒出水蒸氣，非常乾燥的季節，

美貞站在崔組長一側。

崔組長 我看了申請正職的審查資料……（丟出綠卡手冊）這個綠
　　　卡手冊可以放進你的作品集嗎？這不是你獨挑大梁的作
　　　品，你不該肖想分一杯羹吧？

美貞　　他們要求繳交到職後到現在的所有作品，所以我才納入
　　　的，而且我也有放入新的企劃案，我認為公司可以看出
　　　我所參與的範圍。

崔組長 那個哪裡是你參與的？

美貞　　……！

35 美貞公司‧走廊（白天）

美貞與寶蘭身穿下班的輕便服裝，準備搭電梯，

寶蘭不悅地抱怨。

寶蘭　我寧願他袖手旁觀，他一定是怕你轉正才這樣刁難，真
　　　是瘋子，他想到你可能會拿到設計比賽第一名，一定怕
　　　得要死。我雖然羨慕你可以轉正，但想到要繼續看到他
　　　就……（看美貞）姐姐打算怎麼辦？你之後還要跟他相處
　　　耶。

美貞　你覺得誰會待得比較久？

寶蘭　喔！變驕傲了，不愧是設計比賽第一名！

　　　這時電梯抵達。

美貞　（進電梯）還不知道呢。

寶蘭　（進電梯）你絕對沒有問題的。（電梯門緩緩關上，小聲）
　　　姐你聽說了嗎？聽說……崔組長有外遇。

美貞　什麼……

寶蘭　聽說是我們公司的女員工……

美貞　天哪……

　　　鏡頭特寫美貞，電梯門關上。

36　美貞公司前（白天）

美貞與寶蘭走出來，外頭颳起冷風，衣服被吹得皺巴巴。

美貞　天哪……好冷。

寶蘭　姐姐，現在把夏天儲存的熱能拿出來用吧！我們在很熱
　　　的時候不是存起來了嗎？

美貞　才不要……我要等到更冷的時候再用。

美貞邊笑邊走。

37　家‧外觀（晚上）

38　家‧客廳與廚房（晚上）

強風將窗戶吹得大聲作響，
美貞獨自坐在餐桌旁吃飯，
慧淑關上窗戶，勺起冒煙的麥茶。

慧淑　素拉奶奶打電話過來，要我們問具先生他的房子要怎麼
　　　處理，他已經預付了一年的房租，看是要在租約到期前
　　　都空著，還是可以重新出租……要我們問一下他。

美貞　（起身，整理餐具）

慧淑　怎麼這麼急就離開？也沒跟房東說一下，他好像換了電
　　　話號碼，他應該有跟你聯絡吧？（看美貞）

美貞　……我不知道。

慧淑　！

美貞　……（收拾）

慧淑　怎麼不知道？你們沒聯絡嗎？

美貞　……沒聯絡。

　　　美貞直接回房，
　　　慧淑收拾到一半，不知所措。

39　家門前（晚上）

　　　美貞穿得很保暖，走出家門，
　　　感覺踏出門才得以鬆口氣，調整呼吸，快速走著，
　　　就這樣經過具先生家門前。

40　村莊一角・丘陵（晚上）

美貞在第十一集曾與具先生一起爬過的丘陵，如今獨自一人，
迎著冷風，面不改色地走著。

美貞　（E）當我感到鬱悶時，我就會懷著「今天受死吧，死了
　　　也沒關係」的心情走上夜路，走上沒有一絲燈光的山。
　　　（走一陣子）……不過是一個男人離你而去，有什麼大不
　　　了的……那個害怕幸福而逃走的傢伙。

美貞停下來欣賞風景，再繼續走，
感覺有異狀，停下腳步，
不遠處有一雙發亮的眼睛，隱約能見白色的身體，
似乎是沒有被抓的野狗之一。
野狗緩緩靠近，彼此保持著一定的距離，
美貞沒有害怕，用猶如盯著具先生的埋怨眼神盯著狗。

美貞　（E）今夜毫無畏懼的我，成為了武士。

美貞往旁邊跨出一步，拿起一根樹枝，像握住一把刀。

美貞　一決高下吧，臭野狗。

野狗盯著美貞看。

美貞　忘恩負義的傢伙，你吃了我多少根香腸？

　　　美貞與野狗對視。

美貞　（E）我想要痛快地流血。

　　　人與狗就這樣在原地對峙，美貞突然有點想哭，
　　　然而野狗卻轉身離開。
　　　畫面跳轉，
　　　美貞很快地走回家，似乎有點害怕，
　　　喘著氣，原先的鬱悶感已經消失。

美貞　（E）假使我把自己放在格格不入的地方……總能瞥見一
　　　些東西，啊……原來我的腦袋裡……有這樣的想法
　　　啊……

41　村莊一角（晚上）

　　　美貞站在具先生家門前。

美貞　（E）被丟棄的感覺……

站了一陣子後往回家的方向走。

42　病房・單人套房（晚上）

昌熙替赫修吹頭髮。

吹完頭髮後，昌熙進浴室整理。

赫修　我第一次得知罹癌時告訴自己：「我之前都活得太馬虎了……要振作才行……」發現癌症復發時，我馬上想：「我要抓住賢雅，這次會很痛苦，但一定要抓住她。」就算我會下地獄，一想到那裡有賢雅跟你，就沒什麼好怕的了。

昌熙　（天哪！）難怪古代會有殉葬的制度。

赫修　能號令天下的皇帝也會怕啊，一起走吧！

昌熙　我幹嘛跟你下地獄，我們又沒有在談戀愛。

赫修　我跟賢雅談戀愛的時候，感覺就像我們三個在談戀愛，跟一個我未曾見過的人談戀愛。賢雅每天把昌熙、昌熙掛在嘴邊，有哪個男人會喜歡自己的女人整天說其他男人的名字？她還堅決否認你們不是曖昧關係，你可能不這麼想，但她不一樣……

昌熙　（疲憊）哥，你怎麼精神這麼好？

赫修　只要想到可以一起下地獄……就很開心。

昌熙　我才不要，我才不要跟你一起下地獄，瘋了嗎？

赫修　連幻想一下都不行嗎？想像就是我的力量！感覺我們在地獄也可以過得很開心，哈哈哈。

昌熙　（累得坐下，看著赫修）你真的很會亂說話，幹嘛把我拖下水？我們又沒有關係。

赫修　你怎麼覺得是我跟你？是你跟賢雅吧。

昌熙　（認同，心想這對情侶真是能言善道的騙子）

赫修　（照鏡子）現在的醫學進步很多，幸好頭髮沒有掉光。

昌熙　（看著他）現在是擔心頭髮的時候嗎？

赫修　（有些難為情，照鏡子）那你呢？在癌症患者面前，還擔心被爸爸罵嗎？

昌熙　……（一想到就心煩）

赫修　……（照鏡子）那不是什麼大事……

這時門突然被大力打開，喝醉的賢雅站在門邊，
手腕上還有夜店的手環，臉頰與衣服上有亮片。

赫修　來了耶，看來今天也徹底地燃燒自我了……

昌熙拿起包包，準備離開，
與賢雅握手，猶如交棒，離開。

43　醫院・走廊（晚上）

賢雅與赫修看著昌熙的身影。

赫修　明天見。（朝昌熙露出意義深遠的微笑）

賢雅　再見，辛苦了。

昌熙　（沒回頭，輕輕揮手）

赫修　（正要回房，看著賢雅）你至少也把亮片拍一拍再來吧，
　　　唉唷，渾身酒味……

赫修與賢雅回病房，
昌熙走在漆黑的走廊，心情沉重。

44　家・外觀（早晨）

45　家・昌熙房間（早晨）

天似乎亮了，窗外一片曦白，
鏡頭拍攝昌熙睡得很香甜的臉，廚房傳來壓力鍋的聲音，
還有切菜的聲音，不久後慧淑打開房門。

慧淑　還不快起來？

昌熙	（一動也不動）
慧淑	你不上班嗎？
昌熙	（半夢半醒，在棉被裡翻滾）
慧淑	（生氣，轉身離開）

46　家·客廳與廚房（白天）

昌熙終於起床，呆滯地坐在餐桌旁，
慧淑在瓦斯爐前忙碌，看見昌熙，感到困惑。

慧淑	你不去盥洗在幹嘛？

昌熙欲言又止，拖著疲憊的身軀起身，走向浴室。
琦貞從浴室走出來，看到昌熙，低聲辱罵……

47　村莊一角（白天）

已是深秋，昌熙一臉鬱悶地走著，
琦貞瞪著昌熙。

琦貞	白癡，唉唷。
昌熙	安靜啦，煩死了。

琦貞　你什麼時候要說？

昌熙　我會說啦！

琦貞　什麼時候？

昌熙　很煩耶。

卡車的聲音傳來，三姊弟繼續走著，

濟浩開車，慧淑面無表情地坐在一旁，

當卡車經過他們時（卡車上有洗手槽）──

琦貞　媽！這傢伙辭職了！

昌熙　（大驚！）

卡車馬上剎車，

昌熙皺起眉頭，不知該如何是好，看到卡車停在路上，不知道
下一秒會發生什麼事，昌熙趕緊走回家，美貞看了一下大家，
繼續往公車站走去，琦貞則是若無其事地走著。

昌熙不停回頭看卡車，然後往家的方向走。

48　家・客廳與廚房（白天）

昌熙感覺要瘋了，不停窺探窗外，

卡車一動也不動，然後再度發動，

昌熙彷彿看到一線生機，開心地回房。

49　家・昌熙房間（白天）

昌熙換下上班的衣服，換上家居服。

昌熙　隨便啦，等一下再受死就好。

昌熙鑽進棉被裡，感受到溫暖，閉上眼睛。

50　行駛中的卡車內（白天）

濟浩表情僵硬，慧淑心慌意亂，
慧淑說服濟浩先完成工作。

慧淑　人家還在等我們，先把洗手槽裝好，回來再說。

51　家・昌熙房間（白天）

昌熙窩在棉被裡一陣子……然後不悅地坐起身，
睡不著，心情複雜。

52　公司附近（白天）－回想

昌熙與江組長坐在涼椅上，昌熙平靜地說話。

昌熙　　每當我想要辭職時，都會告訴自己至少要撐過暑假，既然都撐過了，那就到中秋連假之後⋯⋯年末辭職好像有點淒涼，應該可以再撐到春天吧⋯⋯就這樣又過了一年。我不像鄭前輩那樣只向錢看齊，我覺得做到現在就夠了，這不是我的路，應該沒有必要再繼續了。

江組長　你不用跟我說明⋯⋯我怎麼會不明白你的心情呢⋯⋯

昌熙　　老實說⋯⋯我沒有什麼目標，無論是金錢、女人還是名譽⋯⋯什麼都不想要，可是⋯⋯一定要有人生目標嗎⋯⋯不能只是好好活著嗎⋯⋯我又不能強行製造出不存在的欲望⋯⋯

53　具先生家前（白天）

昌熙坐在具先生曾坐的位置。

昌熙　　（E）我多麼希望有一個哥哥，那樣我就可以自由自在地活著，我好想那個不曾出生的哥哥。

54　家・客廳與廚房（晚上）

濟浩默默吃飯，慧淑坐在對面，沒有面向他，
昌熙戰戰兢兢地坐在地上（或沙發），
琦貞從浴室走出來，看著嘆氣的慧淑。

琦貞　又不是辦喪事，（到廚房取水）在一間公司上班八年也夠了，如果超過四十歲反而不好換公司，越年輕越好。最近很多年輕人不到一年就換公司，現在已經不是在一間公司做到老才是美德的年代了，這樣怎麼能知道自己適合什麼，當然要轉職過才知道啊。

琦貞回房，氣氛凝重，
美貞也不想參與，在房間盯著電腦，
濟浩沉默過後——

濟浩　所以……接下來打算做什麼？
昌熙　我打算……先休息一陣子。

濟浩沉默，原以為沒事了，卻又——

濟浩　一陣子是多久？

昌熙委屈地要落淚，原本不想辯駁，但是——

昌熙　　爸爸，難道你就不能把對具先生的愛分一點給我嗎？如果你沒看到他，就會擔心他是不是生病了，或是有沒有吃飯……那麼關心他……為什麼就對我這麼苛責……

昌熙因為覺得受傷所以說不出話，
美貞也聽得不好受。

昌熙　　我雖然不是特別有出息，但從沒在外面惹是生非，雖然工作時遇到很多瘋子，但我從沒有被罵過家教很差。幾天前我從公司帶回來的東西，其實都是店長們知道我要辭職而送的禮物，還有人說如果我結婚一定會到場，還要包五十萬韓元的紅包給我。難道這些人原本都這麼友善嗎？不是。我真的好累，爸爸你每天都不說話，只跟機器一起工作，所以不知道跟人共事是怎麼一回事，但我都忍下來，沒有惹麻煩，帶著禮物退出了，這樣不就好了嗎？我又不是要玩一輩子，難道就不能簡單說一句，這幾年辛苦了，休息一下吧。（欲哭）

所有家人都安靜，濟浩也沒有說話。

55 田地（隔天，白天）

地瓜田。

濟浩用三叉戟（鬆土器）翻土，拔出地瓜，氣喘吁吁，滿頭大汗。

他已經工作了好一陣子，慧淑在一旁把地瓜裝進籃子，

濟浩短暫站著休息，調整呼吸，

這時濟浩的身後傳來歡呼聲。

56 高中校園的操場（白天）－十六年前

#大隊接力比賽正在進行，昌熙在起跑點，另一條賽道的選手已經接到棒，但昌熙沒有慌張，集中精神，一接到棒子就馬上拔腿狂奔，目前他是最後一名。

#校園圍牆外停著卡車，濟浩看著設計圖（校園更衣室）然後走回卡車，聽到歡呼聲後轉頭望向操場，昌熙正在縮短與對手的距離⋯⋯然後超越了！

歡呼聲更大了，

濟浩看到這一幕！

昌熙再次縮短與其他人的距離，

觀眾的歡呼聲愈來愈大，

昌熙全神貫注地跑步，

濟浩也跟著緊張起來，

沒想到兒子會有如此專注的時候，他從未看過兒子那副表情，

每當昌熙超越選手時，歡呼聲此起彼落，

濟浩彷彿要窒息，最後昌熙拿下第一名，

濟浩終於鬆一口氣，靜靜看著場上的一片歡呼。

57　田地（白天）

濟浩回想起當時，不禁有些難受。

兒子明明很乖，自己似乎做得太過火了，

濟浩再次埋首工作。

這時，昌熙穿著務農的衣服走過來，

一來馬上坐到慧淑的一旁裝地瓜，

慧淑瞥了一眼昌熙，濟浩則沒有看他，

昌熙也沒有看向濟浩，眾人頂著沉重的氣氛工作，

接著突然傳來一陣違和的嬉鬧聲，

附近是週末農場的地，對方家庭與濟浩一家年紀相仿，有夫妻
與兒女，共四人，他們挖著地瓜並自拍。

女兒　爸，看這裡！

女兒站在前方替全家人拍照，每個人都拿著肥美的地瓜，擺出
姿勢，拍了好幾張。

對方的母親看向昌熙家的地瓜園，地瓜幾乎都很小。

母親　（低聲）好奇怪，明明就在隔壁……為什麼他們的地瓜那麼小……

父親　（看了一眼，低聲）務農不是年資久就種得好，也要看網路影片學習才行，現在要學東西很簡單。

　　　濟浩裝作沒聽見，扛起一箱地瓜，刻意不看對方，奮力往車上一放，然後再回去田地。

　　　（卡車附近停著對方的轎車）

58　村莊一角・行駛中的卡車（白天）

　　　濟浩、慧淑、昌熙面無表情地坐在卡車內，

　　　透過後視鏡可以看到雙線道上的後方有一輛轎車，

　　　對方和他們的車貼得很近，一直逼車，

　　　濟浩毫不在乎，繼續維持速度，

　　　剎那間，轎車越過雙黃線，快速超車，

　　　濟浩突然被激怒，

　　　繃緊神經，趕緊加速追上。

慧淑　（擔憂）別這樣……

　　　濟浩加速，超過轎車。

昌熙　　（轉頭看轎車）膽敢超我們的車。

　　　　轎車又再度超車！
　　　　第一次超車時還沒有被點燃憤怒，現在濟浩已經眼冒火光，以
　　　　老舊的卡車追上前，但是卡車的引擎發出費勁的聲音。濟浩感
　　　　到憤怒，昌熙也覺得鬱悶。
　　　　濟浩一氣之下，轉入捷徑。

昌熙　　太讚了！
慧淑　　（受不了）別鬧了……

　　　　濟浩聽不進去，駛入捷徑，打算在盡頭超車，
　　　　不斷加速，下定決心要擋住對方！
　　　　對方也不甘示弱，不停加速。
　　　　對方在雙線道上加速，濟浩則是在單線道上。
　　　　以水平的方向來看，濟浩的車幾乎已經追上對方……氣氛緊
　　　　張，昌熙盯著一旁的轎車……就這樣加速……跟上……慢慢
　　　　超越……再一點點……就可以領先……

昌熙　　爸爸！加速！

　　　　濟浩再度加速！
　　　　只要開過捷徑的右轉彎（或左轉彎）就能超車！
　　　　但是，就在他轉動方向盤時，車子失速衝了出去，摔到了田

裡。

畫面跳轉，卡車就這樣卡在田裡，地瓜籃全都東倒西歪，不久後卡車的門開啟，昌熙倒到田地上，慧淑也摔出車外，不斷地打罵昌熙，畢竟她無法指責丈夫，只好教訓昌熙，濟浩則是安靜地下車，走進田裡。

59　家・客廳與廚房（白天）

慧淑在壓力鍋裡洗米，不停抱怨。

慧淑　可惡，我都摔進田裡了，還要做飯……

濟浩裝作沒聽到，將門邊的南瓜移到客廳，
慧淑把壓力鍋放上瓦斯爐，坐在餐桌邊擦汗。

慧淑　把農地賣掉吧，不管工廠有沒有招到人，別務農了。要照顧恣意生長的農作物，還要播種跟收成，我做不來。你吃完飯後湯匙一放，就可以去工廠跟農地工作，而我要不斷地來回農田跟工廠，還要每天進出家裡，瓦斯開了又關……有個老人見了朋友之後都痛哭說：「只有我有老公……只有我有老公……」

濟浩　（小心翼翼地擦拭南瓜）

慧淑　如果不想要我落得那副慘況，你自己看著辦。我根本沒

有休息的日子，一年三百六十五天，每一天，至少上教
會的日子可以休息吧，但你連那天也要工作，我現在要
上教會了！（全身汗如雨下）我到底⋯⋯哪裡有問
題⋯⋯怎麼會流那麼多汗⋯⋯

60　美貞公司・泰勳辦公室（晚上）

泰勳拿著手機，然後——

泰勳　你下班了嗎？我突然有點事，應該會晚一點⋯⋯

61　琦貞公司・辦公室＋泰勳辦公室（晚上）

琦貞接電話揹起包包。

琦貞　那我先過去吧。
泰勳　我應該要忙到很晚⋯⋯
琦貞　如果我覺得太晚就會回家，你不用在意我，工作吧。（掛
　　　斷）
金理事　（一同走出來）今天你可以早點回家休息啊？你這樣談戀
　　　愛，小心傷身體，怎麼有辦法每天都見面呢？
琦貞　反正彎近的啊。

62　熙善的店（晚上）

琦貞與宥林坐得有點距離，沒有客人，熙善也不在，只有他們兩人在店裡。

宥林專心寫功課，琦貞沉默片刻後開口：

琦貞　我思考過了，我在你這個年紀時，如果爸爸交了女朋友……（嗯）我應該會很討厭她。怎樣的女人才會討我喜歡呢？如果太過刻意親近我很討厭，如果完全不在乎我也很討厭，但如果是沒有心機又獨立自主的女性……我應該勉強能接受吧。

宥林　（依然看也不看）

琦貞　我這陣子為了看起來像個獨立自主的女性，自己一個人自言自語……但我今天準備的這些台詞……一點用也沒有……讓我有點難過……

宥林看也不看琦貞一眼，一股腦地握筆寫功課，
琦貞看著宥林。

琦貞　我要哭了喔。（你再不說話，我就要哭了）

宥林　……！（還是不理睬）

這時門上的鈴聲響起，琦貞看了一眼，露出警戒的眼神，
景善坐到宥林身邊，上下打量琦貞，似乎喝酒了。

琦貞　　真晚……

景善　　（忽視，朝宥林問）大姑姑呢？

宥林　　去超市了。

景善　　（可惡）放你自己一個人？

琦貞　　（我在這裡啊……）

景善　　爸爸呢？

宥林　　他說會晚回來。

景善看著琦貞，一臉不悅。

景善　　你怎麼每天來？是來討債的嗎？

靜靜待在原地的琦貞感到不開心與委屈，
宥林雖然沒看她，也意識到琦貞的心情，
琦貞揹著包包站起來，
景善想說這傢伙果然受不了，宥林也不太開心，
但是門鈴聲又響起，景善往外頭一看……
琦貞又走回位子。

琦貞　　（像小孩般鬧脾氣）我不走，我要看到泰勳才離開。（不
　　　　理會兩人，直盯著窗戶）

景善看著琦貞，宥林繼續做自己的事。

63　家‧外觀（早上）

64　家‧廚房與客廳（早上）

琦貞坐在餐桌旁吃飯，慧淑在廚房忙碌。

慧淑　你仔細想想，要養別人的孩子不是易事，光是養自己的小孩就要受不了了。

琦貞　就是因為是自己的孩子才受不了，別人的孩子怎麼會受不了？

慧淑　（氣得轉頭）你知道別人家的孩子有多討厭嗎？

琦貞　……

慧淑　（繼續忙碌）

琦貞　（固執）誰說要結婚了？我只是談戀愛而已啊！

慧淑　什麼只談戀愛？只要放感情進去就完了。（把抹布往洗手槽一丟）唉唷，（洗抹布）我當時就應該轉身離開才對。該死，好像全天下只剩下我一個女人似的，他離開前都不看我一眼，我怎麼就心疼他了……結果到頭來就煮了一輩子的飯……（然後看琦貞）讓媽媽看一眼就好，我看

一眼就知道他適不適合你。

琦貞　不要啦。

慧淑　我只看一眼就好！

琦貞　……

慧淑　在你放感情之前！

65　**麵疙瘩餐廳・停車場（其他天，白天）**

泰勳開車進入停車場，

泰勳與琦貞下車。

66　**麵疙瘩餐廳・內部（白天）**

泰勳與琦貞點完餐，看著窗外聊天，

泰勳說小時候（國中）來過這裡，

琦貞聽著泰勳說話，面露緊張，

原來慧淑獨自在另一邊吃飯，

坐在斜對角，可以看清楚泰勳的位子，邊吃邊瞄泰勳，

彷彿第一眼就很滿意，感到安心。

慧淑用完餐，喝口水，露出放心的神色站起身，

琦貞不斷瞄著在櫃台的慧淑，心想她終於要離開了……

慧淑結完帳，走出門，琦貞心想真的要結束了，

但當慧淑正要穿鞋時，又轉過身，來到兩人的桌邊，

琦貞非常慌張，眼神流露：「嗯？怎麼了？為什麼走過來？」

慧淑　（親切）我幫你們點了一份海鮮煎餅，已經結好帳了。
　　　（朝泰勳說）慢慢吃。

泰勳　（不知所措，問候）好的。

慧淑　（盯著他看，仔細一看還真不錯）

泰勳　？

琦貞　（怎麼還不走！）

慧淑　（心甘情願地離開）

泰勳　（朝琦貞問）她是哪位？

琦貞無法回答，只是用眼神示意慧淑趕快離開。

泰勳　那是哪位？

琦貞　……（難堪）我媽。

泰勳　（吃驚）啊？（趕緊起身轉頭）

琦貞　（要他坐下）沒關係！（自言自語）明明說好裝作不認識
　　　的……

泰勳　！

67　村莊市場（白天）

慧淑心情愉悅地逛市場，

滿臉笑意地挑選東西。

慧淑　　（停在一間商店）你好。

老闆1　好久不見，去辦事啊？（慧淑穿著正式）

慧淑　　對啊，（笑著挑選）跟別人碰面。

老闆1　聽說你家的農地賣了啊？

慧淑　　對啊，沒體力務農了。

老闆1　也對，都上了年紀了，還要忙工廠跟家務事……有個工
　　　　作狂的老公就是命苦。

慧淑　　就是說啊。

　　　　慧淑笑著挑選物品，
　　　　對面一名女子站在門邊。

老闆2　琦貞媽媽，你家的狗找到了嗎？

慧淑　　狗？

老闆2　你們家養的狗啊！

慧淑　　我們家哪裡有養狗……

老闆2　咦？之前我看到美貞哭得很傷心，問她怎麼回事，她說
　　　　家裡的狗走失了，好像一個月前吧……

　　　　慧淑馬上明白，
　　　　不知所措，想要馬上結帳離開。

慧淑　　請給我這個。（趕緊離開）

老闆2　（在慧淑身後問）不是狗嗎？還是山羊？

慧淑　　……

68　村莊市場一角（白天）

慧淑提著塑膠袋，不停走著，

直到走至無人的巷弄，傳來慧淑的啜泣聲。

69　家・客廳與廚房（白天）

瓦斯爐上有壓力飯鍋，

慧淑坐在餐桌邊，凝視窗外，樹上的葉子幾乎都要凋謝，已是
深秋，

然後安靜地走回房間，

從客廳只能隱約看見慧淑躺著的上半身。

70　美貞公司・辦公室（白天）

美貞坐在椅子上，開心地與志希一起看著電腦。

志希　百分比又上升了。

〔INS. 公司內部設計比賽的網頁，畫面上有三張卡片的設計圖，下面有得票率，第一款設計得票率47%，沒有顯示設計者名稱，是匿名投票。〕

志希　喔……廉美貞選手，會來個漂亮的一擊嗎？

美貞笑著起身，將資料放在崔組長的位子，正要離開時，瞥見崔組長電腦下方跳出訊息提示。
廉美貞：「你在哪裡？」

美貞　！

訊息很快就消失，
不久後，以「廉美貞」發送的訊息又再次出現，
「怎麼還不來？／我從剛才就在等你了／快點來／我很想你！」
原來崔組長把外遇女子的名稱改成美貞的名字！
美貞呆望著。

71　美貞公司附近（白天）

美貞面無表情地走著。

志希　（E）廉美貞！

美貞轉身，志希、秀珍、寶蘭三人走向她。

志希　設計比賽第一名的人！就要這樣回家了？

秀珍　拿到第一名就想逃跑啊？

志希　今天我們狂歡一下吧。（湊近）第一名的你可以盡情狂
歡，第二名的我可以稍微狂歡，怎麼樣？有沒有什麼希
望今天會發生的事情？

美貞　……（開心）沒有。

美貞再度走上自己的路，恢復面無表情，眾人納悶：「怎麼會
沒有呢？」
美貞迎著風，慢動作播放，然後——

美貞　（E）來吧……我希望你來我身邊……

72　蒙太奇（白天－晚上）

#第三十一場戲，迎著風的具先生，帶著興奮又緊張的心情，
走進地鐵站。

#第三十二場戲，行駛中的電車，具先生看著窗外。

「今天將有好事降臨在你身上」

美貞也透過車窗，看著那塊招牌。

#堂尾站，具先生下車，走上月台，

美貞也走上月台，慢動作播放。

美貞　（E）他要來了……

#堂尾站，出入口外，

美貞前方有兩、三位乘客走出閘門。

美貞　（E）他來了……

美貞看著入口。

美貞　（E）他……在等我……

如果是這樣該有多好，美貞滿心期待地想像，

多麼希望「只要一出站就會看到他」！

73　堂尾站前（晚上）－二〇二二年

具先生站在平時等美貞下班的位置，

些許乘客走出車站，具先生有些緊張，看著路人，

但是沒有看到美貞，人群又消失，

快轉，下一輛電車進站，人群又湧現，

有男子穿得很保暖，會是昌熙嗎？但不是。

因為太冷了，具先生有點不耐煩，

畫面跳轉。

74　村莊一角（晚上）

具先生走在以前跟美貞走過的路，

走往美貞家。

75　家·庭院（晚上）

具先生看著美貞家，

也看到工廠前的卡車，

遠遠看著⋯⋯但是室內沒有開燈，難道是搬家了？

然後，他聽到動靜，看到美貞家的庭院裡有一名女子的身影，

是慧淑嗎？但轉過身來卻是一名陌生的中年女子。

具先生　？

女子　　請問你是誰？

具先生　請問⋯⋯這裡是廉濟浩先生的家嗎？

女子　對啊，有什麼事嗎？

具先生　……（這個女人是誰？）

女子　（朝內喊）老公！出來看看，有客人。

具先生聽到陌生女子喊老公，百思不得其解，

感覺自己認知的世界正在瓦解，感到恐懼，

這時，家裡出現一道影子，由於窗簾拉上所以僅能看到輪廓，

影子慢慢往門邊移動，具先生感覺像在看恐怖片，不知道誰會
出現，

門被打開，是他認識的濟浩！

具先生看到濟浩後鬆了一口氣，又感覺百感交集，

濟浩看著具先生……

許久之後——

濟浩　你來了……

76　家‧客廳與廚房（晚上）

濟浩與具先生坐在客廳，

女子從廚房端茶出來，

原本掛著全家福的牆已經空無一物，姊妹與昌熙的房間也空空
如也，

具先生感到很困惑，

女子端上熱騰騰的茶。

女子　原來這位就是具先生……感覺我都要哭了……（說完起身）

具先生　……

女子走出屋外，

兩人陷入沉默。

濟浩　你離開之後……沒有多久……她也走了，那年秋天。

具先生　……（內心震撼）！

濟浩　她在房裡稍微閉眼休息……然後就沒有醒來……就這樣走了。

具先生　……

濟浩　……只留下鍋裡的飯。

77　家・客廳與廚房（白天）－二〇一九年

瓦斯爐上的壓力飯鍋發出尖銳聲響。

昌熙　（E）飯燒焦了！

不久後，昌熙出來關瓦斯，朝房間說：

昌熙　飯燒焦了啦。（看到慧淑沒反應）嗯？

　　　昌熙感覺到異常，走進房。

昌熙　（E）媽，媽！媽！

　　　畫面跳轉，從客廳往房間看去，
　　　昌熙努力做著心肺復甦術，不斷大叫。

78　家門前（白天）

　　　昌熙跑出門外，連拖鞋都沒穿好，
　　　不知道該怎麼辦，只好往工廠一叫：

昌熙　爸爸！

　　　不久後，濟浩從工廠出來，
　　　第一次看到兒子那副表情，甚至連鞋子都沒穿好……
　　　馬上有不好的預感，
　　　有人死了！

79　村莊一角（白天）

一一九的警笛越過美貞，

美貞呆愣，

救護車……竟然停在自己家門口！

美貞呆站在原地。

80　家・客廳與廚房（晚上）－二〇二二年

濟浩與具先生安靜地對望。

陷入沉默。

濟浩　我曾經也覺得到底該怎麼活，但回過神來，好像也就這
　　　樣熬過來了……

具先生　……

濟浩　孩子們比較辛苦。

具先生　……

濟浩　他們三個……都搬去首爾了……

具先生　……

無論是姊妹的房間，還是昌熙的房間都空了，

房間裡堆滿老南瓜與曬乾的蔬菜，被當作倉庫。

81　具先生家前（晚上）

具先生坐在曾經喝酒的位子，

看著過往的風景，

人事已非，

他低下頭，看著手中的紙條，

濟浩寫給他，美貞的電話：「廉美貞010-****-****」

具先生將其放進口袋，

靜靜地盯著前方，吸吐著氣。

14

「你叫什麼名字？」

1　告別式會場（晚上）

靜音狀態，鏡頭慢動作特寫美貞哭泣的表情，

像是無法明白發生了什麼事，無法接受，

斗煥與政勳經過美貞，

不久後，美貞看著前方，哭得撕心裂肺。

斗煥與政勳放置遺像，默哀，

遺像是慧淑年輕的相片，感覺得出來是匆忙之下製作的。

濟浩悵然若失，

他身後的琦貞用手遮臉痛哭，然後抬頭望著遺像，

濟浩猶如失去魂魄般，抬頭看遺像時，滿眼淚水。

一旁的姑姑邊打濟浩邊哭，

昌熙躺在地上大哭，美貞則是站著落淚，

姑姑像個瘋子般不停揮舞手臂。

姑姑　就連有錢人家的會長也無法在夢中死掉！我們姊姊竟然
做到了！這個家太有福氣了，媽媽、爸爸，就連媳婦也
都是在睡夢中死去，我也要這樣！

然後大哭，抱著濟浩哭。

姑姑　哥哥……我的哥哥該怎麼辦……

斗煥與政勳站在門邊，無聲地落淚。

#泰勳站在走廊聽著裡面的聲音，另一邊還有賢雅，哭得很傷心。

2 火化場前（白天）

鏡頭拍攝建築物外觀，隱約能聽見人們的哭聲，
琦貞、姑姑、泰勳、斗煥、政勳在一邊，
濟浩則在另一邊凝視遠方的山，
面容毫無生氣，
美貞站在濟浩身邊，猶如在守護著他，
鏡頭特寫濟浩呆滯的神情。

3 火化場內（白天）

昌熙看著正在進行火化的機器，
賢雅站在一旁，昌熙呆望著火化的過程……

昌熙　當我在那裡時……有誰會在這裡……
賢雅　……我會在。
昌熙　……我們結婚吧。
賢雅　……

4　火化場一角（白天）

昌熙站在擺放白色骨灰罈的桌前，

員工拿著收集成堆的骨灰。

（鏡頭內看不到骨灰，被昌熙的背影擋住）

員工　這似乎是人工關節，請問要怎麼處理？

昌熙　……通常都怎麼處理？

員工　如果家屬希望我們處理掉，我們可以協助。

昌熙　……另外幫我包起來好了。

員工把人工關節挑出來，

昌熙靜靜地看著。

5　村莊一角・政勳開車（白天）

昌熙抱著用布巾層層包覆的骨灰罈，

政勳開車，昌熙坐在副駕駛座，後方有濟浩、琦貞、美貞。

（琦貞抱著用布巾包裹的遺像）無人說話，氣氛沉重。

漸漸靠近住家……有人在啜泣。

政勳邊開車邊啜泣，

所有人皆面無表情。

6　　家・客廳與廚房（白天）

美貞趕緊將白色桌巾鋪到矮桌上，用手掌攤平桌巾，

昌熙把骨灰罈放到桌上，打開布巾，

濟浩在後方，無力地坐下，

三姊弟看著骨灰罈陷入沉默，

昌熙最先起身往房間走，琦貞也起身。

琦貞　　爸，進房休息一下吧。

但濟浩沒有動作，

美貞在濟浩身邊，看著骨灰罈。

（矮桌上沒有遺照，只有骨灰罈）

#美貞更衣後整理廚房，拿起瓦斯爐上的壓力飯鍋，打開後是
燒得焦黑的米飯，正是母親那天煮的飯。琦貞在屋裡穿梭，收
拾髒衣服，美貞不想讓其他人看到，若無其事地將飯倒入碗
裡……

#琦貞將髒衣服放進洗衣機，看到母親的衣物時瞬間停止動
作，不想面對，將衣物丟進洗衣機。

　　　　　　　　　　　　EPISODE 14

7   家·庭院（白天）

美貞將燒焦的飯倒進廚餘桶，蓋上蓋子。

8   家·客廳與廚房（白天）

美貞進屋，看到母親的鞋子放在玄關，
將母親所有鞋子都放進鞋櫃。
美貞從門邊看到濟浩，他背對門躺下，不知道是否在睡覺，美
貞稍微探頭看，濟浩睜著雙眼發呆，美貞打開電視，轉台，似
乎在找運動比賽轉播，濟浩沒有反應。
#庭院裡，琦貞曬衣，眼淚不停流下，手上正曬著慧淑的衣
服。

畫面跳轉，時間來到晚上……
四人坐在客廳吃飯，沒有人說話，
桌上沒有豐盛的菜，只有午餐肉等即食食品，
與慧淑煮的菜色有顯著的差異。

琦貞   ……我明天會去買菜。

昌熙   ……叫宅配就好了。

琦貞   我有買一些了。

美貞吃了一口蕨菜，然後拿到洗手台，吐掉嘴裡的菜，清洗後回到餐桌邊。

美貞　　酸掉了。

沒有人追究責任，繼續沉默的氣氛，心裡對彼此感到抱歉。

畫面跳轉，
晚上，美貞像站崗的人，坐在三個房間的中央，
打開電視，看手機，聽到聲響，往房間看去。琦貞關掉手機，
翻過身去睡，美貞再次看手機，主臥的電視也關了，燈也熄
滅，美貞看著主臥。

畫面跳轉，
所有人都入睡，客廳陷入無聲，
美貞坐在骨灰罈前，靜靜打開骨灰罈，
盯著裡頭白色的粉末，感到相當陌生，
這就是媽媽嗎？這個為什麼是媽媽？

9　　家・姊妹房間（早上）

黎明降臨，琦貞與美貞正在睡，
鏡頭特寫美貞，她聽見生疏且緩慢的切菜聲，

靜靜地睜開眼睛。

10　家‧客廳與廚房（早上）

濟浩正在作飯的背影，

想煮馬鈴薯湯，在切馬鈴薯，但刀法生疏，

昌熙走出房間，剛睡醒所以走不穩，

想幫忙，但不知所措，打開冰箱，思索該拿什麼……猶豫片
刻後拿出小菜桶，

琦貞拿著毛巾走進浴室，大聲說：

琦貞　我不吃早餐，不用做了。

畫面跳轉，

盤子裡有許多荷包蛋，已經備好了琦貞跟美貞的早餐，但兩人
走出房間後開始穿鞋子。

昌熙　（還沒有完全清醒，因為哀傷而睡不好）你們吃個荷包蛋
　　　也好啊！

琦貞　我出門了。

美貞　我出門了。

琦貞與美貞走出家門，濟浩默默吃飯，

昌熙硬是將荷包蛋塞進嘴裡，

感覺自己必須坐在父親身邊一起吃飯才行。

11　村莊一角（白天）

琦貞走在前方，美貞跟在後面，不斷看琦貞。

琦貞邊走邊哭。

畫面跳轉，社區公車停在公車站，

美貞看到不遠處的公車，朝琦貞說：

美貞　……公車要來了。（暗示琦貞別哭了）

琦貞　……

公車駛近，兩人上車。

12　美貞公司前（白天）

午餐時間，一群員工步出公司。

美貞、志希、秀珍、寶蘭與另外兩位同事出現。

美貞　我請客。

志希　你幹嘛請客，不用啦。

美貞　你們大老遠來一趟，應該的。

13　餐廳（白天）

　　　　美貞與同事們在用餐。

秀珍　廉美貞真的住得好遠，感覺到不了終點。

志希　要經過二十九個車站，我算過了。

秀珍　怎麼有辦法住那麼遠然後每天通勤……我對京畿道的居民深感佩服。

志希　你們決定將阿姨放在哪裡？

美貞　……家裡。

　　　　這時，眾人一陣訝異。

志希　家裡？你們把骨灰罈放在家裡嗎？

女子1　可以嗎？

美貞　可以啊。

女子1　合法嗎？

美貞　合法。

女子1　我記得隨意亂撒是違法的，但骨灰罈不受什麼系統的管理嗎？

秀珍　（朝女子1說）死了就是不在系統裡了啊。

美貞　……（雖然在意這句話，但沒表現出來）

志希　怎麼不考慮放去靈骨塔呢？

美貞　……怎麼忍心把媽媽放在外面呢。

眾人都了解這份心情。

志希　原來也可以放在家裡……不會害怕嗎？

美貞　（輕輕一笑）

14　美貞公司・茶水間（白天）

美貞面無表情地泡茶，寶蘭看著美貞。

寶蘭　感覺很不真實吧？

美貞　（笑）其實還搞不清楚到底怎麼了，（沉默……）那天救
　　　護車來到家裡，但他們說不能護送心臟停止的病患，即
　　　使我們哭著求他送去醫院急救，也被拒絕……後來警察
　　　來了，那個時候媽媽還躺在房裡。

寶蘭　……

美貞　警察問我們有沒有吵架，保了幾個保險……問了奇怪的
　　　問題。

寶蘭　……（無奈）真是罕見的經驗。

美貞　……（喝茶）

15　工廠（白天）

濟浩在收尾，昌熙則在組裝台上以傳統電鑽組合抽屜，然後放進櫃子……兩人沒有交談。

16　村莊一角（白天）

昌熙走出工廠，回家，
提著門口的宅配箱進屋。

17　家・客廳與廚房（白天）

箱子內有雞蛋、小菜及方便料理的食材包，
昌熙拿出各式各樣的湯包，撕開排骨湯的料理包，倒進鍋子，
放上瓦斯爐。
畫面跳轉，
昌熙與濟浩相對而坐，昌熙似乎在哭泣，所以流鼻水，原本想假裝咳嗽來忍住，然而……還是受不了站起身，鏡頭特寫靜靜吃飯的濟浩，傳來擤鼻涕的聲音，昌熙再度回座。

18　琦貞公司・辦公室（白天）

琦貞站著將堆疊成山的回收問卷自黃色的信封拆開，然後核對電腦上的名單，這時手機響起，畫面顯示「姑姑」，琦貞面露不悅，不想接聽，無可奈何之下接起。

琦貞　喂。

姑姑　（F）你怎麼不接電話？我從剛才打到現在。

琦貞　我在忙。

姑姑　（F）我炒了鰻魚跟蝦子，你下班後過來拿。

琦貞　我爸不吃乾貨做的小菜。

姑姑　（F）拜託，你爸現在單身了，給他什麼就吃什麼，你等等過來拿。（掛斷）

琦貞　（小聲）啊，可惡。（差點爆發）

19　堂尾站前（晚上）

#電車駛離車站。

#琦貞面無表情地下車，走向某處，

美貞跟在後面，拿著（姑姑給的）小菜，

兩人走往家的反方向。

20   村莊一角・肉舖（晚上）

琦貞跟美貞除了小菜之外，還買了許多菜。

琦貞   （將手上的東西放在一旁）我要半斤熬湯的牛雜，跟四斤
        豬脊骨。
老闆   半斤牛雜，四斤豬脊骨。

琦貞看見老闆拿出肉⋯⋯

琦貞   還是給我五斤吧。
老闆   好。

琦貞呆望著老闆處理肉品，
美貞則是站在她背後⋯⋯

21   村莊一角・家裡庭院（晚上）

為了不讓水龍頭結凍，濟浩在庭院替水龍頭裹上泡棉，並用鐵
絲捆住，
昌熙在一旁幫忙，然後看往另一個方向，
琦貞與美貞扛著大包小包。

昌熙　（心疼）怎麼不搭計程車回來……

美／琦　我們回來了。

濟浩看見姊妹手上的物品，
心疼孩子們辛苦。

22　　家・客廳與廚房（晚上）

美貞在大湯鍋裡翻炒牛肉與海帶……倒水，
琦貞從（醬缸型的）泡菜冰箱拿出泡菜，當要彎腰拿最下層的
泡菜時，因為太重了，提不起來。她忍住怒氣，搬張椅子過
來，站在椅子上奮力將泡菜桶取出，然後將椅子放回桌邊。美
貞從桶裡拿出泡菜，放在豬背骨上，再放上瓦斯爐，份量大約
能吃二至三天，琦貞擦拭泡菜冰箱裡外，然後把拿出來的泡菜
桶再放回去……

琦貞　媽媽一定是過勞死的。

美貞　（瞥了一眼，繼續煮飯）

畫面跳轉，
四個人安靜吃飯，桌上有炒鯤魚，
就在這片寂靜之中——

琦貞　居然要我去往十里拿小菜？她根本不知道自己哥哥喜歡
　　　吃什麼，還裝好心，（生氣）我差點要把那桶小菜丟
　　　掉……

昌熙　別說了……

琦貞　不關心就不關心！何必裝親切？

昌熙　（別再說了……）

琦貞　（停頓一陣子，邊吃邊喃喃自語）我看她八成又要談錢，
　　　她試試看啊，我一定跟她翻臉，我現在……沒有什麼做
　　　不到的事。（氣得落淚）

昌熙　好了啦……

琦貞　（怒）你不想想媽是因為誰才那麼辛苦！（哭泣）

濟浩　（停頓）

昌熙　你讓爸好好吃飯吧！

琦貞　（擦眼淚與鼻涕，邊吃）爸，你把印章交出來，我們會找
　　　地方埋了。

濟浩　……

琦貞　（怒）如果爸又借錢給姑姑，那我們就真的結束了，我才
　　　不管什麼血緣關係了！

　　　這時骨灰罈發出「咚」的聲音，所有人瞬間暫停動作，望向骨
　　　灰罈，
　　　那是什麼聲音？怎麼回事？就連琦貞也瞪大眼睛，
　　　感覺背脊發涼，應該停下才行。
　　　美貞走到骨灰罈前，沒有看到異狀，

用雙手扶住骨灰罈，然後再走回餐桌。

23   熙善的店前（晚上）

泰勳開車抵達，宥林下車，

泰勳替宥林開門，餐廳裡有幾名男子帶著醉意出來，泰勳向他
們送客，然後跟宥林一起進屋。

24   熙善的店（晚上）

泰勳從冰箱拿出啤酒，站著喝，

熙善洗手，把一盤包子放到宥林面前。

熙善　琦貞最近怎麼樣？她之前每天都出現，現在卻不見人
　　　影……有點想她。

宥林　……（拿起包子）

泰勳　……因為她下班後都要回家忙。

熙善　（心疼）當然要早點回家，父親一個人在家裡多寂寞。

景善　才不是一個人，她弟已經辭職在家了。

熙善　（收拾上一組客人的餐桌）應該活久一點的，這樣就能見
　　　上一面了。

泰勳　……已經見過了。

熙／景（抬頭）

泰勳　（思索）回去當天的早上，她還請我吃飯。（無法釋懷）
　　　早上還活得好好的……傍晚就過世了……（難以接受）

熙善　……看來想在離開前看看女婿的模樣。

泰勳　……！

宥林安靜地上樓，

景善看著宥林，當宥林上樓後——

景善　孩子在這裡，幹嘛講這個？

熙善不在乎，繼續忙碌。

25　斗煥的咖啡廳（晚上）

昌熙、斗煥、政勳在咖啡廳，已經喝了幾杯，

雖然悲傷但仍談天說笑，昌熙眼神朦朧。

斗煥　我收下白包時，（看信封的動作）看到上面寫「朴振宇」
　　　（瞪大眼睛），我馬上（抬頭）發出驚呼聲，結果對方說
　　　（低聲）：「廉琦貞組長很常說我壞話吧？」

昌熙　（哈哈哈……）

斗煥　那些只聽過名字的人，竟然都出現了，感覺就像自己也

認識他們，所以不小心就失態了……原來告別式是這樣的場合……只耳聞過的人都齊聚一堂。

政勳　（大聲）我說過吧？琦貞姐口中難搞的女生一定都很漂亮！

昌熙　（哈哈哈……）

政勳　在她眾多同事中，我一眼就認出來了。就是她！我就問姐難搞的女生是不是她？（瞇起雙眼）結果姐竟然回我「嗯」。被我抓到了吧，之前都在亂說。

大家乾杯，笑得很開心。

斗煥　看到阿姨過世，好像比我媽過世還要無法接受……可能是太突然了……

昌熙　……

斗煥　雖然生死離別很正常……但如果大家都能在恰當的時間離開……該有多好……

昌熙　（茫然）恰當的時間是什麼時候？

斗煥　八十歲？

昌熙　等你活到八十歲看看，我爺爺以前看到老人時，總說自己不要活那麼久，結果到他八十歲時，我問他：「爺爺，你今年要過世了嗎？」他語帶可惜地說：「太早了……」

斗／政　（哈哈哈）

昌熙　結果他又以五年的時間延長，最後到九十歲時又說還不是時候……

斗煥　應該要以系統式的方法進行，讓所有人活到一百歲的時候就離開人世⋯⋯

昌熙　那我會在九十九歲的時候號召同盟軍，大聲疾呼：「廢止系統！」

政勳　我會逃離系統，跑去山裡。

三人開懷大笑⋯⋯喝酒⋯⋯

昌熙　⋯⋯所以沒有這種事，（過世）沒有恰當的時間。

斗煥　但是阿姨真的很會挑日子，正好五六日，讓我們可以連休三天，琦貞姐的男友也三天都出現，當我看到對方時（爽朗語氣）還跟他大聲問好，然後才想到，啊⋯⋯對方不認識我，（尷尬搔頭）我一直在告別式上失態⋯⋯

政勳　不管怎麼說⋯⋯琦貞姐都是最幸運的人，如果在阿姨過世後才瘋狂找對象，就會被當作不孝，但她感覺像是知道有大事要發生，跟瘋子一樣，這像話嗎？還說如果告白被拒絕，就要假裝失憶。就在她發狂似地找到後⋯⋯阿姨就過世了⋯⋯現在琦貞姐隨時要離開這個家都不會被當作不孝的女兒，況且我看琦貞姐應該很快就會嫁了，對方很有誠意連續三天都出現⋯⋯

昌熙　（確實如此⋯⋯）

斗煥　（突然發笑）還有廉昌熙先生也是很會挑時間，這麼剛好在這之前離職。

昌熙　（邊笑邊哭）不覺得很神奇嗎？我這種動物般的直覺，我

應該是因為這樣才有辭職的念頭。仔細想想，我也不是如此急迫想要辭職，只是覺得時候到了，原來靈魂都知道……如果我沒有辭職，誰來照顧爸爸？如果我們三個人都去上班，具大哥也離開，讓爸爸獨自面對……光想到就讓人難過（臉上有笑，但眼眶泛淚）……（再次振作）我以前也有過這種經驗，讀高二時，當時的導師曾說不會容忍有人翹課，而我也不是會翹課的人，但偏偏那天就是很想回家，其實也沒什麼事，就只是想回家。我回家後，奶奶自己一個人在家，我向她說：「我回來了。」奶奶的眼睛睜開，但沒有應聲，我覺得有些奇怪……感覺要握住她的手，我就握住了，一陣子後……我就覺得……奶奶離開了……我嚇得趕緊把手抽開……（唉）但我又覺得不應該這樣，又再度握住奶奶的手……大概五分鐘後，父親回來了。（面目猙獰）我大聲質問他怎麼可以放奶奶一個人在家，那是我出生以來第一次對父親大小聲，結果父親一句話也說不出來……那個瞬間的快感真是難以言喻！

眾人再度大笑，喝酒。

昌熙　當時如果我沒有翹課，奶奶就自己離開了。（結論）靈魂會先知道，所以身體會隨意志行動。

昌熙因醉意而有些癱軟，深呼吸後露出悲傷的表情……

　　　　　　　EPISODE 14

昌熙　我沒想到自己有一天會期待廉琦貞回家……我整天都跟
　　　父親待在一起，只有我姊跟美貞回家……才不會感覺那
　　　麼孤單……（笑著落淚）

斗煥　（拿起吉他）悲傷的時候……希望你們記得身邊還有一個
　　　人叫吳斗煥……我替各位獻上這首歌。

26　村莊一角（晚上）

斗煥的歌聲環繞在村莊內。

27　半山腰（晚上）

昌熙蹲在大樹下，用鏟子挖土，然後從懷裡拿出用紙包裹的物
品，打開來是人工關節的鐵製部分。
斗煥與政動探頭看，
昌熙再次用紙包裹，然後放進土裡，用土覆蓋……
結束後，昌熙坐在地上……
猶如用亡者的視線欣賞從墓地能望見的風景……

政動　好冷，走吧。

斗煥與政動下山，

昌熙待在原地。

28　具先生家前（晚上）

昌熙、斗煥、政勳走下山，

經過具先生家前……

斗煥　　我有點介意具先生沒有過來哀悼。

昌熙　　……

斗煥　　真的沒有聯絡的方法嗎？

政勳　　連名字都不知道要怎麼聯絡？

斗煥　　怎麼會跟不知道名字的男人交往……

一行人來到住家與咖啡廳的叉路。

昌熙　　走啦，（朝政勳說）再會。

斗煥　　再見。

政勳　　再見。

29　家・客廳與廚房（晚上）

姊妹房間的燈亮著，美貞又像守夜人一般開著電視邊看手機，

昌熙回家進房，美貞望向他，再次看手機，然後抬頭看窗外，眼神稍微晃動。外頭似乎降雪了，坐在室內看得不太清楚，她起身湊近玻璃窗，看著紛飛的雪花，雪似乎很快就停歇，美貞望著窗外自言自語：

美貞　媽，下雪了。

美貞在窗邊看雪，骨灰罈在另一側。

30　　美貞公司外觀（白天）

31　　美貞公司·辦公室（隔天，白天）

點擊滑鼠的聲音，敲鍵盤的聲音迴盪於安靜的辦公室，美貞專心工作，遠處其他組傳來電話聲。

女員工（接聽）你好，喜悅之卡設計部門。

女員工的視線轉移到美貞身上，眼神透露：「事情終於要拆穿了。」

女員工　請稍等。（轉接電話）

091

美貞接起電話。

美貞　你好，喜悅之卡設計部門。

對方沒有出聲。

美貞　？

女員工從後方注視。

美貞　喂？
女子　（F）廉美貞小姐？
美貞　是的。

然後又一陣沉默。

女子　（F）我是崔俊鎬組長的太太。
美貞　！

兩人同時沉默。

美貞　不是我。
女子　……
美貞　他只是存成我的名字而已。

女子　……

美貞　……

女子　（F）這是什麼意思？

美貞　……請等一下。

美貞操作手機後起身，

將手機放到桌上，

轉頭看向崔組長震動響起的手機畫面，

畫面顯示「廉美貞（契約制）」，

再低頭看自己的手機。

崔組長不明所以，

美貞回到位子，掛斷手機的電話。

美貞　（拿起市內電話）我在組長的電話簿裡叫廉美貞括號契約

　　　制……

崔組長　！

志希、秀珍、寶蘭等所有同事都望向她。

崔組長　你這是在幹嘛？

美貞　（拿著話筒）組長要接嗎？看是誰打的電話？

崔組長神色緊張，

所有同事也不敢吭聲。

32　美貞公司一角（白天）

崔組長左顧右盼，急忙點進「廉美貞」的聊天室，刪除所有對話，嘴上不停罵髒話，這時「廉美貞」傳來訊息：「怎麼回事？？？」

崔組長趕緊答覆：「不要傳訊息了／刪掉聊天室／所有紀錄都刪掉」。

崔組長刪除所有紀錄，點進電話簿，將「廉美貞」的名稱刪除後，猶豫該寫什麼，然後打字。

33　美貞公司一角（白天）

#下班時刻，志希、秀珍、寶蘭以及其他女同事走出辦公室，搭乘電梯，沒有人說話。

#當她們一進入電梯，馬上開始大肆談論。

寶蘭　（生氣）他瘋了嗎？怎麼會把外遇的名字存成姐姐的名字？

秀珍　（生氣）到底是誰啊？那個女人？

女子1　（鬱悶）不知道！

秀珍　真的是我們公司的人嗎？

女子1　（鬱悶）當然是！

志希　（呆滯）難怪……我還困惑為什麼大家在告別式上要在美

貞背後指指點點。

秀珍　（！）真的嗎？

志希　都說她是為了轉正而不擇手段……

眾人　（！）

寶蘭　這應該可以提告吧？

34　都市一角（晚上）

　　美貞看著行人經過，低頭看手機。

　　「在忙嗎？／我可以過去一趟嗎？」

　　賢雅尚未讀取這兩則訊息。

　　美貞收起手機，看著身後的櫥窗，

　　又再度點按手機，呆望螢幕，

　　美貞看著與具先生的聊天紀錄，按下通話鍵，

　　另一端傳來：「您撥的電話是空號……」

　　已是預料之內，

　　她收起手機，再次盯著櫥窗，沉浸在思緒裡，

　　這時手機傳來震動，美貞看了一眼後離去。

35　邊尚美的便利商店（晚上）

　　美貞與賢雅坐在窗邊的位子。

美貞　（用吸管喝飲料，心情平和）組長那小子跟女同事搞外遇，將她的電話存成我的名字。

賢雅　天哪……

美貞　因為大家都知道他討厭我，所以他想說這樣做沒問題。我知道他在搞外遇……也知道對方是誰。

賢雅　是誰？

美貞　……之前有一次開會他們遲到了，我分別打電話給他們，但兩人的背景音完全一樣，安靜得可怕，連一點普通的聲響都沒有，感覺像是在真空的環境裡，兩個人都是。

賢雅　在汽車旅館呢。

美貞　後來一切都明朗了，有一次我在對方的包包裡看到洗髮精，還想說誰會帶著洗髮精出門……看來是為了不讓大家發現他們有相同的洗髮精味道。

賢雅　……

美貞　……（陷入沉思）只要組長開始找我麻煩……她就會突然整理資料，嗒……嗒……還很優雅地整理，那麼組長……很快就會閉嘴。她在暗示他，要他別罵我了，所以每次只要那傢伙又開始找碴……我就會注意她的手部動作……觀察她什麼時候要出手……看著她的手如同蝴蝶在空中飛舞……一開始我還很感謝……但現在……只要她又開始整理資料……我就想折斷她的手指……

這時，美貞的手機以震動模式響起，

美貞查看，是崔組長，

崔組長不斷發送訊息。

美貞　　是那傢伙。

賢雅　　別回他，他一定急死了，別管他，也不要已讀。

鏡頭特寫美貞，手機不斷震動。

36　　琦貞公司前（晚上）

琦貞邊講電話邊走出公司，面容疲倦。

琦貞　　不用啦，搭電車一下就到了。

#開車中的泰勳。

泰勳　　我今天一定要載你回家，我姊做了小菜要給你，大概
　　　　三十分鐘後就會到，你先去我姊的店裡等吧。

琦貞　　好吧，（發自內心）謝謝。

琦貞掛斷電話，走往某處。

37　熙善的店（晚上）

店裡沒有客人，宥林獨自在桌邊寫功課，門鈴響起。

琦貞　你好。

宥林瞄了一眼，
熙善從廚房走出來。

熙善　（爽朗）你來啦。
琦貞　（看宥林）好久不見……

宥林不在乎，盯著功課，
熙善擦乾手，拿著要裝排骨的袋子。

熙善　你等我一下，我把醃好的排骨放在樓上，我去拿。
琦貞　排骨太破費了啦……
熙善　（低聲）泰勳付錢的，要我好好料理一番。
琦貞　……！

熙善上樓前擁抱琦貞，輕拍她的背，
琦貞臉上掛笑，卻想流淚，宥林察覺到兩人之間的氣氛。

熙善　（打算上樓）要不要喝杯啤酒？

琦貞　我自己拿就好。（從冰箱拿啤酒）

熙善　好，那你等一下。（趕緊上樓）

琦貞坐在一邊，倒啤酒，

店裡剩下宥林與琦貞，

琦貞雖然疲憊，但仍保持親切的態度。

琦貞　阿姨最近發生了一些事，你應該知道（發生什麼事）
　　　吧？

宥林　……

琦貞　（喝）好久沒喝啤酒了。

宥林　……

琦貞　你知道嗎？喝酒只會越喝越痛苦。喝酒就要痛快地喝，
　　　像這樣慢慢喝，回家的時候會很痛苦。阿姨的家很遠，
　　　我知道會很煎熬……但無法振作……想要就這樣失魂落
　　　魄……（又趕緊恢復笑容）阿姨很常這樣……明天就會
　　　好了……

琦貞喝啤酒，暫時放下對宥林的注意力，

沉浸在思緒裡，雙眼看著窗外……

宥林　大人也會難過嗎？

琦貞　！（看著）

宥林　如果沒有媽媽的話……

琦貞　　！

　　　　琦貞心想：「啊，她一定也很難受。」
　　　　琦貞感覺要落淚，趕緊轉過頭忍住淚水，
　　　　宥林沒有動作，眼眶的淚水逐漸累積，
　　　　低下頭，閉上眼時眼淚滴落，不想被他人發現自己在哭，趕緊
　　　　用手臂擦拭，
　　　　鏡頭特寫宥林。

琦貞　　（突然大聲）我不能當你媽媽嗎？
宥林　　！
琦貞　　讓我來當吧！

　　　　宥林收拾功課，準備上樓。

琦貞　　我來當你媽媽！（宥林已經上樓）如果不喜歡就把我開
　　　　除！

　　　　琦貞看著宥林走上樓，這時門鈴響起，
　　　　泰勳抵達，當琦貞一看到泰勳——

琦貞　　（OL）我們結婚吧！
泰勳　　！

正要下樓梯的熙善停下腳步，然後慢慢後退。

琦貞　　我們結婚吧！

泰勳　　……好啊。（雖然有些突然，但答應了）

熙善安靜地上樓，不發出聲音……

38　熙善餐廳前（晚上）

景善正要進門，聽到對話後馬上止步，

不知所措，先退後幾步，

雖然有些錯愕但知道現在不是進門的時機，

景善思索……這下該去哪裡打發時間好。

39　美貞公司外觀（白天）

40　美貞公司・走廊（白天）

女員工們開心談天，準備下班，

看往某個方向後突然安靜。

美貞抱著資料走過來，

雖然意識到眾人的視線，但裝作不知道，
女員工們竊竊私語。

41　美貞公司‧辦公室（白天）

美貞進辦公室，志希、寶蘭等同事準備下班，
崔組長坐在位子上看見美貞。

美貞　（朝同事親切地說）你們先走吧。
眾人　明天見。

美貞將資料放在崔組長的位子上，
低頭問候後揹起包包，
崔組長不斷盯著美貞。

42　美貞公司‧走廊（白天）

美貞走向電梯，秀珍跑過來。

秀珍　廉美貞！

秀珍走近。

秀珍 （低聲）你就當作是踩到大便吧，沒有人會誤會你的，又不是瘋了？你怎麼可能跟他搞外遇。

兩人站在電梯前。

秀珍 （悄悄）但是……你知道是誰嗎？崔組長的外遇對象。
美貞 （假裝看手機，片刻後）……知道。（放下手機）
秀珍 ……！
美貞 ……
秀珍 是誰？
美貞 ……（盯著秀珍）
秀珍 ……！

兩人對望許久，

秀珍突然冷酷地轉頭，迴避視線，

這時，「叮！」電梯抵達。

43　美貞公司前（白天）

秀珍憤怒地走在冷風中，

美貞走在後頭，

秀珍就這樣走了好一陣子，遠離公司，然後突然轉身看美貞，

兩人面對面。

103

秀珍　你不該反咬我一口吧，我在你被罵的時候那麼照顧你，你怎麼可以恩將仇報！

美貞　！

秀珍再次大步往前走，
美貞跟上，然後拿下包包，大力往秀珍頭上砸。

美貞　（氣得落淚大喊）就算是這樣！也不能在別人家的告別式上那樣吧！竟然在桌子底下用腳趾頭勾來勾去……一臉嘻笑……不該那樣吧！

然後一個包包朝美貞的臉飛來。

44　具先生家前（晚上）

美貞坐在具先生家前的平床上，
看來是跟秀珍打了架，臉部浮腫，頭髮凌亂，眼神凶狠。

美貞　我現在……不想交朋友了，沒朋友也沒關係。

放下對於人際關係的執著，變得高傲，
手上拿著一包香菸，撕開包裝，拿出一根香菸咬住，想要點火，

這時有東西砸到頭，

看見掉在地上的橡實，盯著看。

美貞　（E）為什麼這個東西這麼像你？獨自身處在突兀的地

　　　方，彷彿說著「我在這裡」……

美貞因為難受而盯著橡實，

一旁也掉落一顆栗子，彷彿說著「這裡還有我……」。

〔INS. 第十三集結尾，二〇二二年坐在此地的具先生。〕

來回切換不同時空的兩人身影。

45　美貞公司·人資辦公室（其他天，白天）

人資在調查事件始末，個別訪談。

美貞　我在崔組長的電腦看到他把某人儲存成我的名字，以聊

　　　天內容來看……很明顯在交往。

秀珍　我跟崔組長絕對不是那種關係。

美貞　那為什麼崔組長的太太會打電話給我呢？

崔組長　（鬱悶）我太太說她沒有打電話到公司，也沒有打電話找

　　　廉美貞。我不知道誰會做這種事啊！

美貞　（呆滯）

人資　（為難）現在恰好是轉正職的審查時間，發生這種事情讓

我們很為難……而且還牽涉到暴力……看來要在同一個
部門繼續工作有點困難……

美貞　……（雖然難受，但不絕望，依然表現出冷靜的樣子）

46　餃子店（白天）

（第十集曾跟具先生一起去過的餃子店）
美貞目光呆滯地吃餃子，
吃到一半，邊咀嚼邊看外頭，
心想……不知道他會不會出現……
就這樣落寞地看著店外……

47　村莊・市場一角（白天）

昌熙到市場採買，提著塑膠袋向人打招呼，
老闆將商品給他，露出惋惜的表情，與第十三集的老闆2同一
人物。

老闆　唉唷……我到現在還不敢相信，那天你媽媽還有過來，
　　　怎麼就這樣走了……那天我還跟她聊美貞因為狗走失了
　　　一直哭，我就問她有沒有找到狗，你媽媽說家裡沒養
　　　狗，我問說那是不是羊……

昌熙	……（拿東西）
老闆	怎麼會那天就……唉唷……
昌熙	什麼時候的事？
老闆	就是那天啊！你媽過世的那天！
昌熙	我是說……（打算問美貞是哪天哭的，但作罷）
老闆	你爸爸……都還好嗎……？
昌熙	還好……
老闆	你要在身邊好好照顧他……

48　　行駛中的卡車（白天）

#昌熙開車，心情複雜。

#等紅燈時想起了賢雅說過的話。

賢雅	（E）你姊跟美貞都還好嗎？
昌熙	（E）我姊總是哭哭啼啼……而美貞……就那樣……
賢雅	（E）美貞……是個連哭都需要勇氣的孩子……

心想至此，昌熙紅了眼眶，

綠燈後加速前進。

49　村莊一角（白天）

美貞面無表情地走著，
斗煥的咖啡廳裡走出十幾名足球隊的學生，
一行人身穿運動服。

眾人　謝謝老闆！！
斗煥　回家後要拍照告訴我喔！
眾人　好！！

孩子們各自跑往回家的方向，
美貞看著充滿活力的孩子們，似乎也感染了那份雀躍。

斗煥　（看美貞）怎麼這麼早回家？下午放假嗎？
美貞　⋯⋯對。

美貞看著孩子們開心打鬧的模樣，露出淺笑，
兩、三名孩子在玩球，球滾到了美貞面前，
美貞踢球，結果太用力把球踢到遠處，抑或是踢進田裡，
孩子們發出哀號，奔去撿球，
昌熙的卡車駛近，停在工廠前。

美貞　爸爸呢？
昌熙　在田裡。

昌熙與美貞進屋，

孩子們的聲音傳來，鏡頭拍攝恬靜的鄉村，時間來到晚上。

50　家・客廳與廚房（晚上）

#昌熙在廚房用手機查詢食譜，一邊做辣炒豬肉的醬汁，濟浩
清洗生菜，美貞在洗手間將浸泡過的襪子放進洗衣機。
#琦貞整理房間，注意到美貞手機的訊息，
瞄了一眼……察覺到異狀，
當畫面轉暗後，她再度點開螢幕。

琦貞　　！

#廚房與客廳。
濟浩坐在餐桌，美貞從浴室走出來坐在餐桌邊，
琦貞拿著美貞的手機走出來。

琦貞　　你說清楚這是什麼？
美貞　　什麼？
琦貞　　你為什麼要借錢？

濟浩與昌熙看著美貞，
美貞拿走手機，確認畫面。

〔INS. 借款通知的訊息〕

美貞將手機放到一邊。

美貞　（理直氣壯）……我打了人，需要和解金。（繼續原本的動作）

琦貞看著美貞，濟浩與昌熙也看著。

琦貞　誰？

美貞　反正就是某個瘋女人。

眾人盯著她看，美貞原以為沒事了。

琦貞　可是為什麼要借錢？你連二百萬韓元都沒有嗎？

美貞　（啊！沒想到金額也被看到了，神色慌張）

琦貞　（今天一定要講明白）你把存摺拿來。

美貞　（不為所動）

琦貞　把存摺拿來！！

美貞　（怒）你是媽媽嗎？

眾人安靜，知道事情沒那麼簡單，

看著美貞，琦貞想到一個人。

琦貞　你是不是把錢借給燦赫那小子了？

美貞　……！

昌熙　……（啊……原來如此……）

琦貞　（出手打美貞的頭）你這個笨女人。

昌熙　（驚）你幹嘛打她啦！

美貞開始落淚。

琦貞　我們廉濟浩先生是被他妹騙光錢，那你呢？你竟然不是
　　　被老公而是被男朋友騙錢？那小子電話幾號？說啊！還
　　　不說嗎？

美貞　他不在韓國……

眾人沉默……

美貞不停落淚……

琦貞　為什麼不跟我們說？你沒家人嗎？沒有父母嗎？

昌熙　（突然）換作是我也不會講！當初我因為錢闖了禍，全家
　　　人都不把我當人看，她怎麼可能會說！是我也不會說，
　　　餓死也不說……就算去坐牢也比被家裡知道得好，我們
　　　什麼時候遇到麻煩會跟人講了？

濟浩默默聽著，感到心痛，

四個人內心都五味雜陳……

51 辦公大樓的地下停車場（晚上）

一輛輛車進入停車場……

昌熙蹲在角落，望著車子。

他在入口處附近，盯著每一輛進出的汽車，該停車場就是具先生原本停放車子的地方。

〔INS. 第十集，具先生按下按鈕，車門解鎖，昌熙驚呼不已。〕

昌熙蹲坐在地，回想當時，

聽見汽車的引擎聲，朝那裡望去……但並非具先生的車……

昌熙就這樣待著……

52 行駛中的公車（晚上）

幾乎沒有乘客，昌熙坐在窗邊，鏡頭拍攝其背影……

昌熙　（E）哥……你在哪裡？過得好嗎？（沉默）哥……我媽死了。

拍攝昌熙的背影。

53　醫院（其他天，白天）

賢雅在撥電話……

賢雅　怎麼求完婚就消失了？也不接電話。

54　家・客廳與廚房（白天）

昌熙在瓦斯爐前加熱湯品（穿工作服）。

昌熙　我很忙。

有人拿走賢雅的手機，是躺在床上的赫修。
這陣子狀態似乎變差，臉色不好，也較無活力，但仍不失幽默。

赫修　喂，我還沒死，我就知道你們會這樣。
昌熙　哥你別在乎，賢雅不會接受的。
赫修　如果她接受呢？（朝賢雅說）昌熙說你不會接受。
賢雅　我接受。
赫修　她說她接受。
昌熙　我要繼續煮飯了。
赫修　你有看到我傳過去的連結嗎？靈骨塔的那個網址，我找

了很多，那裡是最好的地方，環境又乾淨，把阿姨安放在那裡吧，我也要放在那裡，我要跟你媽放在一起。

昌熙　哥跟你媽一起放在那裡就好。

赫修　我媽會活很久的，而且也沒有人會來祭拜我，如果我跟阿姨放在一起，這樣你去探望媽媽時還可以來找我，我幫你跟賢雅都預約好位子了。

昌熙　真的要殉葬嗎？

赫修　你們慢慢來就好。你看，我們死了之後也可以齊聚一堂，一點都不無聊。

賢雅又拿走手機。

賢雅　美貞呢？

昌熙　（！）美貞怎麼了？

賢雅　⋯⋯只是想問她好不好。

昌熙　你自己問啊，你跟她不是比較熟。

赫修又再度拿走手機。

赫修　昌熙⋯⋯（喘氣）我⋯⋯需要開心的人⋯⋯（微笑）

昌熙　⋯⋯（停下動作）

赫修　昌熙⋯⋯你要快樂才行⋯⋯

昌熙　⋯⋯（稍微放鬆心情）你真是救了我一命⋯⋯

55   工廠（白天）

製作好的抽屜堆疊在一旁……濟浩獨自工作的背影。

然後停下……不知是否在哭泣，用手擦拭眼角……

畫面跳轉，濟浩有氣無力地坐在椅子上。

56   家・客廳與廚房（白天）

濟浩與昌熙相對而坐用餐，

昌熙看著濟浩，溫和地說：

昌熙   爸，別擔心，我們家會變得更和睦的。

濟浩   ……（鼻酸）

昌熙   不過……四人家庭如果要增進感情……需要先買一輛
車。

濟浩   ……

57   道路一角（其他天，白天）

終於買了一輛車，昌熙開車，濟浩坐在副駕駛座，琦貞與美貞
在後座。

昌熙熟練地開車，三個人望著窗外……眾人露出許久沒有展

露過的放鬆神情。

58　　海邊（白天）

四人走在海邊。

琦貞　　我好像第一次跟爸來海邊。

昌熙　　這是我們全家人一起來海邊。我跟姊姊還小的時候曾經
　　　　跟爸媽來過，自從她（美貞）出生後就沒有了，畢竟五
　　　　個人要搭公車再轉地鐵太辛苦了。

琦貞　　不是因為五個人旅遊太辛苦，是因為那時姑姑就闖禍
　　　　了，所以從那之後我們就沒錢出去玩。

昌熙　　我們家的反派就是姑姑。

美貞　　好可怕，我也會變成姑姑。

琦貞　　我們就算想當那種占人便宜的姑姑也當不成，爸爸很愛
　　　　姑姑，所以才這麼照顧她，甚至還賣地給她，但那傢伙
　　　　才沒有那麼愛我們。

昌熙　　這你就不懂了，如果我有能力也會傾家蕩產地幫你們，
　　　　只可惜我沒錢。

琦貞　　我們結婚了之後就不要有金錢往來吧。

昌熙　　（告訴自己）真的不要有往來！（我以後要成為有錢人）

琦貞　　不對，還是有往來好了。（思索）可惡，如果是我也會
　　　　給……一定會給。不過有一件事要搞清楚，就算我們彼

此之間有愛，但我們的子女也會對我們有愛嗎？不會！
這才是問題所在，爸爸愛姑姑，但我們不愛她，這才是
癥結點。

昌熙　　所以我才經常說只要有愛，天下無難事。

　　　　四個人在海邊散步……
　　　　然後各自走往不同的方向……
　　　　昌熙停下，站在形影淒涼的濟浩身邊，看著大海。

昌熙　　爸爸的身邊還有我們三個。
濟浩　　……
昌熙　　爸爸，我愛您。

　　　　濟浩難為情地移動至別處……
　　　　四人繼續在海邊走著……
　　　　昌熙與琦貞、美貞在海邊嬉鬧。

59　　回家路上‧行駛中的車內（白天）－接近傍晚

　　　　昌熙駕駛，琦貞打瞌睡，
　　　　大家靜靜待著……
　　　　美貞愣愣地看著窗外，
　　　　困惑著未來該怎麼辦……眼神有些孤寂……

117

60　家‧客廳與廚房（晚上）－二〇二二年

第十三集第八十場戲，濟浩與具先生相對而坐，氣氛凝重，
兩人陷入沉默⋯⋯

濟浩　我一直以來都以為是自己在照顧這個家，直到太太離開
　　　後才知道，是她跟孩子們⋯⋯在照顧我⋯⋯
具先生　⋯⋯

畫面跳轉，濟浩在紙上寫下美貞的電話，
將紙遞給具先生，
具先生看過後收起。

濟浩　（看著具先生）你過得都好嗎？
具先生（看著濟浩，視線低垂，故作鎮定）⋯⋯好。

61　具先生家前（晚上）

第十三集第八十一場戲，具先生坐著喝酒的地方。
他坐在習慣的位置回想起從前，
感覺有些陌生，來回轉頭端詳，
低頭‧拿出紙張，
那張寫了美貞電話號碼的紙。

靜靜看著「廉美貞」三個字。

62　常去的酒吧（晚上）

無人的酒吧，具先生獨自坐著的背影。

經理安靜地整理吧台，不時偷瞄具先生，

原本在笑的具先生開始落淚，

然後與偷瞄自己的經理對視。

具先生　……（笑）我明明一點也不難過，為什麼會落淚呢？

特寫具先生的模樣。

63　公寓（早晨）

光線透過微微敞開的窗簾照進黑暗的房間，

傳來按密碼的聲音，

傳出警示音，密碼錯誤，

隱約能聽見辱罵聲，然後再度傳來按密碼的聲音。

大門打開，具先生醉醺醺地走進來，

走向床邊，

牆邊擺滿酒瓶（洋酒瓶居多），

具先生馬上坐在床邊，光線灑落在他的肩膀……具先生發呆，然後移動身體……朝光線而去……然後再遠離，最後倒到床上。

撲通一聲倒在床上，遠處傳來電話鈴聲。

64 都市一角（隔天，白天）

鈴聲持續，

具先生拿著手機，好一陣子後——

美貞　（F）喂。

具先生　！

美貞　（F）……喂？

具先生　……好久不見。

美貞　！

具先生　我是具先生。

美貞　！

具先生　……

美貞　（F）好久不見。

彼此陷入沉默……

具先生　你過得好嗎？

美貞　……

具先生　這段期間有解放了嗎？

美貞　（F）……怎麼可能。

具先生　……有找到崇拜你的男人了嗎？

美貞　（F）……怎麼可能。

具先生　……我們見面吧。

美貞　（F）……不行。

具先生　為什麼？

美貞　（F）……變胖了，要減肥。

具先生　給你一個小時減肥。

美貞　……

65　都市一角（白天）

具先生左顧右盼，
然後視線落在某處。

具先生　！

美貞走向他，
看到具先生，臉上掛笑，害羞地移開視線，
具先生看著美貞，緩緩走過去，
彼此都很開心能重逢，持續帶著笑容，但兩人都難為情……

兩人走向彼此。

具先生　你又沒有胖很多。

彼此相視而笑又迴避視線……
然後美貞盯著具先生……

具先生　怎麼了？
美貞　　頭髮留長了。
具先生　不覺得很帥嗎？
美貞　　（笑）
具先生　你則是剪短了。
美貞　　一點點。

兩人並肩走著。

具先生　沒想到你竟然換了電話號碼？
美貞　　（邊笑邊看他處）因為氣你，我一直在等你打電話來。
具先生　……
美貞　　反正你知道我家在哪裡，我想說如果你想聯絡我就會自
　　　　己找方法。
具先生　……
美貞　　你是不是從來沒有打過我的舊號碼？
具先生　（沒有回答，只是笑著，不久後說）我很想你，非常。

美貞　　（笑著，看別處）

具先生（突然發現）這樣一說好像跟真的一樣，好像真的很想
　　　　你……

　　　　兩人邊笑，又別開視線……

具先生（開著玩笑）很想把你一口吃下肚。

美貞　　（瞪……）

具先生　我現在是不是很會崇拜了？

　　　　兩人走在街上。

美貞　　（E）……你叫什麼名字？

具先生（E）……具子敬。

　　　　鏡頭拍攝兩人的背影。

123

15

「當一遇上多數時，通常是一會感到不耐煩，多數根本毫無感覺，一必須經常維持警戒狀態，因為只有一個人……」

1　街道一角（白天）

（延續第十四集結尾）美貞與具先生走在有些人潮的街道。

美貞　你叫什麼名字？

具先生　具子敬。

彼此相視而笑……

美貞　幾歲？

具先生　今年四十一歲。

美貞　（驚，停下腳步，再度走）

具先生　怎麼？太老了？

美貞　（微笑）

具先生　那你幾歲？

美貞　我……三十二歲。（忽然發現自己已經來到這個年紀）

具先生　（驚）當時你才二十幾歲嗎？我竟然跟二十幾歲的人交往……

美貞　…你怎麼知道我的電話？

具先生　……我去了你家。

美貞　……！

美貞想起媽媽，陷入沉默，兩人都不好受。

美貞　什麼時候？

具先生　幾天前。

美貞　怎麼突然想去？

具先生　沒什麼特別原因。

美貞　那你也知道媽媽去世的消息了。

具先生　……對。

美貞　……也知道爸爸再婚了。

具先生　……

美貞似乎有點冷，聳起肩膀，

邊走邊瞥向具先生。

具先生　怎麼了？

美貞　覺得很神奇，沒想到真的會再見面，我總是在想會怎麼
再相見？真的會再相見嗎？如果這個時候接到你的電話
該有多好，沒想到那些我渴望你出現的日子你都無消無
息，竟然會在這個時候出現……

具先生　……（笑）你剛才在做什麼？

美貞　……作戰的前一刻，我原本打算今天徹底黑化。

具先生　要對付誰？

美貞　（笑而不答，停下腳步）不過我們要去哪裡？（漫無目的
一直走）

具先生　（環顧）對啊，很冷吧？要去咖啡廳待著嗎？

美貞　（環顧）你會冷嗎？

具先生 不會，你呢？

美貞 我也不會，繼續散步吧。（邊走）感覺在咖啡廳裡對坐應該會有點尷尬。

具先生 仔細想想，我們沒有去咖啡廳喝過咖啡。

美貞 在鄉下怎麼可能喝咖啡，每天拔白菜、拔蘿蔔，然後喝冰水。

具先生 （笑）

2 江南·公園（白天）

兩人走在道山公園或是鶴洞公園等地，

公園裡沒有其他人，兩人悠閒地散步。

具先生 我們……比較適合悠閒地散步。

美貞 比較自在吧。（看風景）樹木、微風、石頭不會讓我們覺得礙眼。

具先生 我只要身處人多的地方就會莫名其妙地感到煩躁，就連在咖啡廳裡獨自坐在隔壁桌的人也會讓我覺得不舒服，對方明明什麼也沒做，就只是坐在那裡。（新奇）

美貞 我們應該只是討厭人類。

具先生 ……我以為只有我這樣。

美貞 ……像這樣散步時，如果有人迎面而來是不是會感到煩躁？

這時一位正在散步的中年男子走過來，

具先生與美貞拉開距離，讓對方通過，

等待對方走遠……

美貞　　那個人也會覺得我們很煩嗎？

具先生　當一遇上多數時，通常是一會感到不耐煩，多數根本毫
　　　　無感覺。

美貞　　……

具先生　一必須經常維持警戒的狀態，因為只有一個人……

美貞　　……

美貞認同具先生的話，明白自己為何總是感到疲憊，具先生也
是類似的心境，陷入思考，美貞走至前方……

具先生　只要在你面前我就變得好奇怪，淨是講一些我從沒想過
　　　　的事情。（心情古怪）

美貞　　……那我們是二，還是一對一？

具先生　……（轉頭看）你對我有戒備嗎？

美貞　　…（瞪著）

具先生　……！

美貞　　……你應該早點打電話的，可惡。

剎那間，兩人放下對彼此的警戒，

心情隨波蕩漾，四目相交。

3　市場（晚上）

類似廣藏市場的地方，兩人走在人群裡，臉上帶著明亮又開心的神情，具先生笑著，閃避提著大包小包的路人。

美貞試穿便宜的運動鞋，穿著皮鞋走路似乎不舒服。

具先生等候，然後望向美貞，急忙拿現金給鞋店老闆，美貞趕緊阻止，想拿出信用卡，但具先生已經結完帳，還買了背包，裝進美貞的皮包跟皮鞋，然後揹起背包，看上去非常體貼。

美貞穿著運動鞋，輕鬆地跟在具先生身後。

具先生用力想扯斷手套的塑膠繩，還嘗試用牙齒咬，美貞望著體貼自己的具先生，視線落在具先生的手上，然後望向他的臉……這些微小的動作非常溫柔，讓她不禁心想這似乎是兩人第一次經歷這樣的時刻……

這時，具先生開心地將拆開塑膠繩的手套遞給美貞。

4　市場・座位區（晚上）

兩人坐在窄小的椅凳上吃東西，隔壁有人要坐，具先生將椅子上的背包拿起來讓位，他們已經不在乎洶湧的人潮。這時具先生的手機響起，來電顯示「杉植」，具先生直接掛斷，手機又再度響起。

具先生（接起）為什麼在禮拜天打給我？

5   具先生公寓前＋市場（晚上）

轎車停在具先生的大樓前，杉植站在車外打電話。

杉植　　今天是禮拜六。

具先生　！

美貞　　今天是禮拜六耶！

具先生　！（呆滯）

美貞　　（看著他）

具先生　我知道了，先這樣。（掛斷，盤算該如何是好）

美貞　　怎麼了？

具先生　……（該怎麼辦？）

美貞　　你先去忙完再回來吧，還是回不來了？

具先生　嗯，我晚點再回來，馬上回來，你先去一個地方待著。

　　　　（急忙起身）

美貞　　慢慢來。

具先生　（邊走邊說）我等一下就回來。

#具先生穿越人潮離開市場，

美貞坐在座位看著具先生離去的方向。

6 夜店1（晚上）

小弟站在夜店前焦急地左顧右盼，

車水馬龍間一輛計程車駛近，具先生下車，

不看小弟一眼，馬上衝進店裡，

小弟緊跟在後。

7 夜店1・辦公室（晚上）

桌上有一綑一綑的錢，具先生一手拿著資料一手拿酒，視線快

速掃描資料，將酒杯湊近嘴邊，心急如焚，快速飲盡後放下酒

杯！

8 夜店1・前方（晚上）

杉植開車過來，

具先生與小弟走出夜店搭車。

9 行駛中的車內・道路一角（晚上）

具先生拿出車內的酒，開始喝，看著窗外，心情既緊張又焦

慮，

不久後遇上塞車。

具先生　我們下車用跑的。

小弟　　啊？

小弟不敢相信地往後看，但具先生已經下車了！

#具先生奔跑，小弟不得不跟在後頭，
具先生雖然焦急，但也有些開心。

10　　夜店2‧前方（晚上）

當轎車終於抵達夜店時，具先生從夜店2跑出來，他不打算搭
車，直接用跑的，小弟也緊跟在後。
杉植不得已只好開車跟在後頭。

11　　賢振的店前（晚上）

具先生跑到賢振的店，走進入口，
小弟也抵達，跑得氣喘吁吁……

12　賢振的店（晚上）

#具先生快速步下樓梯。

#打開大廳的門，傳來玻璃破碎聲與男女生的尖叫，
大廳內所有人都停止動作。

小弟來到具先生身後，停下動作，擺出戒備的姿勢，

具先生面前的男子慢慢轉頭，是鄭旭，

鄭旭頭部流血，被酒瓶砸傷，前方有名女子拿著酒瓶，正是之
前去討債的女子！

女子一看到具先生，馬上憤怒地衝上前。

具先生閃避飛向自己的酒瓶，隨即抓住女子的手臂，女子雙眼
發紅，大聲辱罵：「該死！我要把你們都殺了！」

#其他人趕緊用毛巾替鄭旭止血，攙扶他離開。

13　賢振的店・走廊（晚上）

具先生疲憊地走向辦公室，

女子不停反抗，發出怒吼：「放手！你們等著看，我要告你
們！」

賢振跟在具先生身後，企圖解釋狀況。

賢振　她因為被百貨公司資遣，從剛才就來這裡發酒瘋⋯⋯我
就知道她會鬧事⋯⋯

14　賢振的店・辦公室（晚上）

他們一進辦公室，桌上的紙鈔數量相當明顯的少，
賢振緊張地偷看具先生的臉色，具先生一看到桌上的錢馬上變臉，這時他瞄到鏡子裡的自己，臉上多了一條傷疤。

具先生　！

具先生走近鏡子，傷口從下巴延伸到耳邊。他伸手去摸，指尖沾了些許的血。可惡！似乎是被女子揮舞的酒瓶碎片刮傷，外面又傳來女子被壓制的怒吼聲，具先生憤怒地走出去，賢振知道大事不妙。
#走廊上，具先生朝女子走去。
#大廳裡，具先生用力地轉過女子，把她的雙手壓到背後，將其壓制在地。

具先生　不還錢，就換號碼、搞消失的臭女人！在別人面前丟臉很委屈嗎？難道要我好聲好氣地去找你說「不好意思，請你給我錢」這樣嗎？憑什麼？我憑什麼那樣做？你從來沒有遵守遊戲規則，我為什麼要順著你的意？說啊？

#辦公室裡，
賢振焦急不安，具先生的腳步聲傳來，一進門就環顧四周，把書桌翻箱倒櫃，將抽屜都倒出來，發出巨大聲響，試圖找藏起

來的錢。

賢振　（唯唯諾諾）子敬啊，具代表，昨天真的沒有什麼客
　　　　人⋯⋯

　　　　具先生不管他，把單人座的沙發掀開，
　　　　徹底翻找。

賢振　這裡真的是全部的營業額了！不信你去看監視器！

　　　　當具先生翻開多人座的沙發時，發現一處用膠帶貼補的痕跡，
　　　　他用腳踢出一個大洞，然後挖出一個紙袋，
　　　　倒出紙袋內的東西，是一綑綑的紙鈔。
　　　　原本站在一邊不動聲色的小弟安靜地整理起紙鈔，修改資料，
　　　　具先生抬頭看向賢振，賢振臉色蒼白。

具先生　怎樣？你今天又要熬夜玩牌了？
賢振　不是⋯⋯是之前的卡債⋯⋯今天如果不還清就會死得很
　　　　慘。
具先生　⋯⋯

15 商辦大樓（晚上）

　　兩側的小弟在數錢，會計師在整理文件，申會長上下打量著具
　　先生，雙眼布滿血絲，還有臉上那道傷痕。

申會長　感覺你變弱了，竟然會被刀劃傷⋯⋯
具先生　（摸臉，辯解）不是刀，是酒瓶⋯⋯
申會長　⋯⋯你一個禮拜⋯⋯能超過半天不喝酒嗎？
具先生　⋯⋯（無法回答）

16 車內・道路一角（晚上）

　　具先生上車，心情不悅，拿酒起來喝，
　　車子緩慢駛離，杉植有些緊張，過一陣子後——

杉植　要去哪裡呢？
具先生　⋯⋯

　　該去找美貞，但又不願意，吞下一口酒，拿起手機，
　　〔INS. 美貞傳來訊息，有著店家的資料與地圖位置，還寫「慢慢
　　來」。〕
　　具先生思索該怎麼辦⋯⋯不斷深呼吸。
　　車子不斷行駛，具先生從後座吃力地爬到副駕駛座，

杉植有些驚慌，不明所以，

具先生坐在副駕駛座，用鏡子查看傷口，

生氣地大力闔上鏡子，思考是不是別赴約比較好。

17   餐廳1（晚上）

美貞坐在有隔間的餐廳，桌上擺著酒跟下酒菜，她盯著手機，
然後看向窗外……

18   餐廳1（晚上）

具先生坐在停著的車上，看著美貞所在的餐廳招牌，
雖然抵達了卻無法鼓起勇氣下車，但……既然都來了，於是
吃力地下車。
車子駛離，具先生難以下定決心進門。

19   餐廳1（晚上）

聽到開門聲，美貞抬頭，是具先生來了。美貞露出開心的神
情，但當他走近時，美貞的眼神晃動，面露些許困惑。
具先生坐到美貞面前，

即使帶著傷，身上還散發酒氣，仍擺出笑容。

美貞　　！

具先生　這是畫上去的。

由於燈具較低，傷口更明顯了，具先生似乎很在意明亮的燈光，不斷往上看，雖然煩躁仍表現出調皮的樣子。

美貞看著具先生……

美貞　　短短一個半小時，你就變成另一個人了。

具先生　人生本來就是這樣，如果覺得心情不錯，馬上就會有煩人的事情發生。

美貞　　……

具先生　……

美貞　　一天只要五分鐘，只要有五分鐘能喘口氣就能活下去，當我在便利商店替學生開門時，聽到他們道謝，我會感到七秒鐘的開心；早上睜開眼，心想「今天是星期六……」也能開心十秒……就這樣慢慢集滿一天的五分鐘。（笑）這就是我撐下來的生存之道。

具先生　……！

具先生透過這句話得知美貞這幾年是怎麼熬過來的。

具先生　你仍然一步一步……艱辛地……前進嗎？

美貞因為具先生記得這句話而感動，

具先生吃力地脫去外衣。

具先生 好吧，一步一步……艱辛地……（朝服務員舉手）不好
意思！

美貞 （鬆口氣的表情）

以慢動作播放倒酒、飲酒的場面……

20　　街道一角（晚上）

夜空如夢似幻地飄下雪花，

美貞與具先生抬頭仰望，兩人皆有醉意，氣氛浪漫，

兩人走在街道上，

鏡頭特寫兩人走在下雪的街道……

具先生（E）之前有一次下大雪，開車的人全把車子停在路上。

美貞 （E）我記得。

具先生（E）我當時也把車子丟在永東大橋下車用走的……然後
突然想到，如果地球就這樣停止，我可以直接走到山
浦……最近的路線……只要二十八公里，凌晨就能抵
達，我在腦袋裡規劃……要怎麼走，在哪裡轉彎……很
好笑吧，我竟然在想像當地球停止的話，我要走去山

浦，明明開車就可以到了。

美貞縮著身子，停下腳步，
似乎因為具先生的話深受感動。
具先生轉頭看美貞，
等她走近後再繼續走，
雪花漸大，兩人的身影漸漸被雪埋沒，
鏡頭特寫兩人的模樣。

美貞　（Ｅ）你記得嗎？之前那個騙了我的錢逃去國外的人，他
　　　回去找前女友了。

具先生（Ｅ）……沒聽你提過前女友。

美貞　（Ｅ）……今天是那傢伙的結婚典禮。

具先生……

美貞　（Ｅ）他明明還欠我六百萬韓幣，但婚禮的排場一樣都沒
　　　少，邀請很多賓客，還設置自助吧，所以我說既然有錢
　　　辦婚禮，那就趕快還我錢，結果那個混帳……朝我罵了
　　　三十分鐘，我聽到一半，就把手中的杯子捏碎了。

〔INS. 手中杯子破碎的畫面〕
具先生停下腳步……
美貞不在乎，繼續走……

美貞　（Ｅ）他可能以為我還是以前那個天真的廉美貞，所以我

決定參加婚禮，用最殺氣騰騰的表情站在新郎新娘的後方合照，然後離開時將禮金全數帶走。我帶著必死的決心，就像你說的，我承擔起一對多的局勢，下定決心站在祝福的多數人裡面成為那唯一一個破壞婚禮的人，我要成為那個「一」。正當攝影師說新郎新娘的朋友可以過去拍照時……我的手機響了。

（E）電話鈴聲。
不久後，美貞接起電話。

美貞　（E）喂？

雪越下越大，畫面幾乎被雪花佔據，
然後是毫無聲音的寂靜。

美貞　（E）……喂？
具先生　（F）……好久不見……我是具先生。

具先生停下腳步，美貞也是，兩人對望，
氣溫低，兩人皆有醉意，雪花紛飛。

美貞　（因為寒冷而發抖）原來這個人，不會讓我徹底墮入深淵……他會阻止我……

兩人對視，具先生想起美貞當時說：「下車！」

〔INS. 美貞在電車上把喝醉的昌熙抓下車。〕

〔INS. 堂尾站前，下雪天，具先生看著另一邊的美貞與昌熙。〕

畫面又回到美貞與具先生站在雪裡的畫面，二〇一八年與二〇二二年的冬天，兩人都站在同一片飄著雪花的天空下。

21　昌熙的便利商店前（晚上）

江北寧靜的社區也下起雪，唯有便利商店的燈亮著。

22　昌熙的便利商店前（晚上）

昌熙坐在櫃台看書，

旁邊疊放著幾本關於首爾的書籍（景福宮或是鐘路區的書），

他正在欣賞鄭歚的作品《仁王霽色圖》（四開大小），仔細欣賞細節，

然後望了一眼窗外的雪，又繼續看書。

23　具先生公寓（晚上）

酒瓶傾倒的聲音，兩人搖搖晃晃地走進玄關，脫下鞋子，笑得

很開心，具先生連鞋子都脫不下來，跟蹌地走進屋內。他奮力踢掉鞋子，弄倒酒瓶，美貞將酒瓶立起。

具先生　別整理了，反正也整理不完。

美貞看著牆邊堆放的酒瓶笑了出來，
玄關燈關閉後，兩人又嬉笑，
喀擦一聲，另一邊的電燈打開，
具先生躺下，打開立燈。

美貞　（寒冷）你家好冷。

美貞雖有醉意，仍在空調前試圖打開暖氣，
具先生因為太疲憊，連外衣都沒脫就癱躺在床上。

具先生　壞了。

美貞不自覺地笑了。
流理台裡有一些晾乾的杯子。

美貞　有熱水嗎？
具先生　溫水。
美貞　明明住在這麼高級的房子，結果跟難民一樣生活……
具先生　對於喝酒的人來說……只要有乾淨的酒杯就好……

美貞　　怎麼不請人打掃？你不是很有錢？

具先生　很麻煩，還要告訴人家大門的密碼，還要記得轉薪
　　　　水……

　　　　美貞也躺到具先生旁邊，然後——

美貞　　（摸鼻子）鼻子好冷……

　　　　具先生維持躺姿，一隻手奮力地抓住棉被，將棉被蓋在穿著外
　　　　衣的身上，也將棉被蓋至美貞的脖子。
　　　　兩人對視，美貞笑得很開心，然後閉上雙眼，
　　　　具先生看著美貞……

具先生　我也是王八蛋嗎？

美貞　　（閉眼）……現在不是了……因為你打了電話。

具先生　所以直到昨天還是王八蛋嗎？

美貞　　（閉眼微笑）

具先生　……（看著她）

24　公寓外觀（隔天，白天）

25　公寓玄關前（白天）

琦貞從玄關走出來，頭髮較短。

26　公寓前（白天）

琦貞因冷而蜷起身子，走出門外，
公寓是江北地區常見的一般公寓。

27　昌熙的便利商店前（白天）

琦貞走進便利商店。

28　昌熙的便利商店（白天）

昌熙　（E）歡迎光臨。

昌熙在櫃台替客人結帳，

147

琦貞快速走進去，拿起泡麵，又拿了別的東西……似乎很熟悉環境，很快就選定商品，然後站在鮮食區前思考要吃什麼，昌熙喊出「謝謝光臨」送走客人，然後整理櫃台，朝琦貞說：

昌熙　……你不去教堂嗎？
琦貞　……（猶豫要吃什麼）不去。（決定某物，從貨架上拿起來）

29　公寓・客廳與廚房（白天）

琦貞看電視，吃著買回來的東西，
美貞洗完澡，拿毛巾走出浴室。

琦貞　（不看）你怎麼早上才回來？
美貞　……（走向廚房）
琦貞　有男人了？
美貞　……（喝水）你不去教堂嗎？
琦貞　（不悅）不去！（不斷被問而感到厭煩）
美貞　（瞥一眼，看來又吵架了）

昌熙因為值夜班，相當疲憊，在咖啡機前沖咖啡，剛交接完的早班人員（二十歲，男）穿著制服背心從倉庫走出來。

早班　她說看那間店的經營狀況，即使做滿一個月也拿不到薪水，所以做了五天就辭職了，但即使這樣也要給五天的薪資啊，結果一直拖延，說明天會給、明天會給……所以我打算明天跟女朋友過去一趟。這種時候就是要親自過去討，打電話根本沒用。怎麼這麼無恥，要人家做白工？

昌熙　（坐在座位區）他們可能不是「怎麼這麼無恥」，有可能是「真的沒錢」。

早班　因為你是老闆，所以替老闆說話嗎？

昌熙　……我也曾是領薪水的上班族，能明白領不到薪水的心情，但現在我無法指責那些付不出錢來的人。一旦當上老闆……如果可以截肢賣錢、付薪水給員工的話，絕對是樂意的。

早班　……賣烤番薯的機器算老闆嗎？現在每個家庭都有氣炸鍋耶。

昌熙　不是家用的，是業務用的，臭小子，（指一旁）比那個還大台。（喝咖啡）那時候我很茫然，想要找個地方祈禱，但大半夜沒有一間教堂有開，路上只有……便利商店。我當時感覺前途渺茫，就坐在這個位子，結果就收到同

149

期的訊息，他說我家這裡有一間便利商店要頂讓，問我有沒有意願接手，正好就是這間店……我就是有這種本事，可以鬼使神差地提前找到我的崗位……（喝咖啡）

早班　那老闆你明天裝瘋賣傻地去大企業的會長室感受一下未來的位子，說你有這份預感，不要只去景福宮坐著，幹嘛經常去那個不可能真的擁有的景福宮呢，甚至也不姓李……（整理櫃台）

昌熙　……（喝咖啡）

31　昌熙的便利商店前（白天）

昌熙　（E）加油。

　　　昌熙走出便利商店，神色疲憊，形影單隻地走向某處。

32　江北一角（白天）

　　　昌熙從類似公園的一角眺望，看著昨天在山水畫中的仁王山（石頭山），心情出現微妙的變化，若有所思。

33　教堂（白天）

#停車場，眾人從泰勳的車子下來，

宥林化著唇色鮮豔的妝容，衣著為年輕人喜愛的款式。

#教堂前，熙善找琦貞，四處張望後跟在泰勳的身後走進教堂。

熙善　琦貞呢？

泰勳　她說有事。（進教堂）

34　教堂（白天）

彌撒尚未開始，宥林、熙善、景善、泰勳依序而坐，

熙善與泰勳在看《每日彌撒》與《聖歌本》。

宥林　我好像知道她為什麼會生氣。

熙善　……我也是。

景善面無表情，似乎就是惹琦貞生氣的人，但厚臉皮不願承認。

司儀　（E）請起立，翻開聖歌本第＊＊＊首。

前奏開始，眾人起立。

35　公寓・客廳與廚房（白天）

電視打開，琦貞生氣地講電話。

琦貞　宥林的畢業典禮我都想好要排休去參加了，竟然說我憑
　　　什麼過去？還不能拍照！因為畢業照會留存一輩子，如
　　　果有別人一起合照不太好，怕以後有人看到照片會問這
　　　是誰，會害宥林要回答「喔，這是爸爸以前的女朋友」，
　　　這像話嗎？竟然當著眾人的面這樣說！

36　教堂（白天）

景善邊聽神父講道，壓低音量說話。
（一家人都壓低聲音，鏡頭特寫四人）

景善　（看泰勳）我有說錯嗎？
泰勳　（看前方，隱忍）
景善　我只是叫她收斂一點，畢業典禮、開學典禮這種場合是
　　　家人才能參加的，你們只是男女朋友，她幹嘛來？
熙善　（片刻後，看前方，語氣沉著）不是只是男女朋友，之後

會結婚啊。

景善　那就結婚後再來，誰知道未來會怎樣……（停頓後突然想起來）而且她還突然看手機說差點忘了自己還有約，撒這種劣質的謊就趕快閃人，很明顯就是要讓我們知道她在生氣，不是很幼稚嗎？

熙善　（希望景善別再說了）

景善　（繼續說）上次也是這樣，當我一提高音量，她就馬上說自己有約，怎麼可能每次都剛好有事？換個藉口的話，看起來還有點誠意，她就是非得要人家知道她在生氣。

泰勳　（看景善）難不成你要她跟你吵架？

景善　！

兩人怒瞪，用眼神吵架。

熙善　（看前方）神父在看我們了……

泰勳跟景善這才緩緩挪開視線，忍住怒氣。
神父這時說：「你們必須如此……當想向主奉獻時，若與手足產生爭吵，必先化解後再來……」
泰勳與景善表情僵硬。

宥林　你們就結婚吧，不要在乎我。（咀嚼口香糖）

泰勳　！（看宥林，小聲但威嚴）把口香糖吐掉。

宥林　！（停止動作）

153

熙善　（低聲）天父啊……（祈求天主使家人和睦）

37　教堂附近‧街道一角（白天）

#宥林坐在後座，表情不悅，帶著藍芽耳機望向窗外，眼淚堆積在眼眶，耳機裡流洩出吵雜的音樂，泰勳高喊的聲音從外面傳來，坐在宥林旁邊的熙善看起來非常焦慮。

泰勳　（E）這已經不是一、兩次了，你每次都口不擇言地傷害她，而且從來沒有道過歉。

景善　（E）難道我是故意找碴嗎？還不都是為了宥林好！

泰勳　（E，生氣）開口閉口都是宥林，你別這樣了！哪天我就帶宥林自己出去外面住！！

景善　（E）你現在是覺得宥林長大了，不需要我們了嗎？

沉默片刻，兩人吵得呼吸急促，泰勳生氣地坐進駕駛座。
#景善生氣地瞪著車子，然後往反方向走。
#泰勳在駕駛座上調整呼吸，然後——

泰勳　抱歉，爸爸……太生氣了……（轉換氣氛）午餐你想吃什麼？

宥林不應聲，馬上下車，

似乎在生氣，用力地甩上車門，大步離開。

泰勳氣得往後一看，景善趕緊打圓場。

景善　她正值青春期啦。（你忍著點）

泰勳一肚子火，不知所措。

38　教堂附近・街道一角（白天）

景善大力地往前走，

嘴裡一邊辱罵，往後一看，

宥林出現在後方，但當她一看到景善就馬上轉頭往反方向走，

景善原本還以為宥林會支持她……

見狀說了聲「臭小孩」，再次往前走……

39　公寓・客廳家廚房＋家・客廳與廚房（白天）

美貞整理餐桌，接聽濟浩的電話，

昌熙也幫忙收拾，在美貞身邊忙東忙西……

美貞　哥哥回家了，剛才一起吃飯了，（停頓）好。
濟浩　……具先生有來過一趟。

155

美貞　（停下）

濟浩　我把你的電話給他了，他沒有打過去嗎？

美貞　……見過面了。

琦貞聽到，望了一眼美貞，昌熙則是繼續收拾……

濟浩　……這樣啊，那就好……好好休息。

美貞　好，再見。（掛斷）

琦貞　跟誰見面？

美貞沒有回答，繼續做手邊的事，昌熙走進浴室。

40　　**公寓・昌熙房間（白天）**

昌熙用毛巾擦臉，拉上遮陽窗簾，
躺在床上，感覺有些淒涼。

41　　**美貞的公司2（隔天，白天）**

#大廳，美貞打卡上班。
#辦公室入口，美貞走在走廊上，
不停地打招呼。

能看見「卡片發行室」的招牌，

美貞又再刷了一次卡，是保全相當周全的公司。

#更衣間裡，美貞換上黑色針織外套。

#信用卡在龐大的機器裡進行印製……

另外一台機器上擺放了許多包裹……

美貞核對資料（今日郵寄總數）經過機器，與現場的工作人員問候。

#鏡頭轉往高處，卡片發行室一覽無遺，一位穿著正式服裝的員工在向三位新進員工講解公司環境。

員工　每張卡片都有客戶的個資，因此發行後就像空白支票。在信用卡公司，就屬發行部門是保全系統最嚴謹的地方，就算只有一張卡片出錯，也要取得授權才能銷毀，一年的發行量大約會到達一千萬張左右。

眾人　（驚）

員工　畢竟民眾不會只有一張卡片，如果掛失就要重新製作。至於卡片的種類則有上千種。

眾人　（驚！）

員工　卡片一旦發行就跟貨幣一樣，基本上不會停產，也有卡片是某些機關長期使用的。（指向某處）VIP卡片則是人工製作的。

眾人望向VIP工作室，美貞在裡面工作。

#VIP卡片作業台，美貞仔細核對顧客資料。

157

一名男性員工經過。

男員工 今天VIP的卡真多呢。

美貞 （親切）因為是星期一啊。

42　　汝矣島・街道一角（晚上）

美貞站在街上，寶蘭開心地朝她揮手，

美貞走上前，兩人相會。

寶蘭 （湊近）姐姐看起來就像汝矣島的人。

美貞 （笑）

寶蘭 姐姐好像無論在哪裡都能融入當地，如果站在江南的路
邊，就像江南的人。

美貞 如果站在我家山浦就像山浦的人。

寶蘭 （笑，突然想到）但姐現在不是住在江北？

美貞 我到現在還不適應把江北當成自己家。

兩人邊走邊笑。

43　餐廳2（晚上）

美貞烤肉，放到寶蘭面前，寶蘭專心吃著。

寶蘭　雖然以工作量來說，年薪不算多，但還是比在喜悅之卡來得好，公司對待正職與派遣人員一視同仁，我要是不執著於大公司，早點跳槽的話，現在應該就是代理了，感覺我在喜悅之卡真是浪費時間。（突然），你知道韓秀珍離職了嗎？

美貞　！

寶蘭　他們的職務表上已經沒有她的名字。

美貞　幹嘛看那個呢？

寶蘭　我都會關注那些人的下落，當發現那些人消失時心裡好開心，哇，這個人消失了……我們贏了。

美貞　我現在已經不從事設計了，有差別嗎？

寶蘭　但你也不會一直待在那間公司吧。

美貞　我要一直待著。

寶蘭　你瘋了嗎？這樣太浪費你的才華了。

美貞　只有你才覺得那稱得上才華。

寶蘭　（驚）姐姐你老實說，你真的知道自己有多厲害嗎？

美貞　……以前要是我熬夜做設計，結果被退件的話，我就會懷疑自己前一天都在做什麼。即使認為自己很厲害，如果不被認可，就形同浪費時間，一事無成。但是在這裡不同，有種真的在工作的感覺，我好像比起創意類型的

工作，更適合這種腳踏實地的工作性質。

寶蘭　如果你不要那份才華的話，給我吧，拜託了。

美貞　都拿去。（邊笑邊乾杯）

44　餐廳3（晚上）

琦貞朝媛熙還有慧蓮抱怨。

琦貞　以前她不愛說話，我還心疼她，（不可置信貌）怎麼可以
　　　瞬間就變成太妹呢？感覺就像早上一起來就發現自己老
　　　花眼了！她講話兇到我會嚇得結巴，（落寞）被一個小孩
　　　折磨……心情有夠糟……我沒有自信可以跟她住在一
　　　起，就算這樣，也不能把她交給姑姑，我跟泰勳自己搬
　　　出來住。我們說好等她二十歲再結婚，但如果等她二十
　　　歲……（嘆氣）我就五十歲了！該死。（喝酒）

媛熙　我們也快要四十歲了，五十歲應該很快就到了啊。

琦貞　不行，五十歲不可以這麼快來！

媛熙　但你跟泰勳不是要等到五十歲才結婚？

琦貞　……對啊，一方面希望趕快來，一方面又不希望。（嘆
　　　氣）五十歲……人到了五十歲還會有感情嗎？等到那個
　　　年紀，不就跟動物差不多了？活著毫無目標，吃東西也
　　　跟吃草一樣，毫無樂趣。

另一端，幾名女子正在吃魷魚，聽著琦貞的話，看上去差不多五十歲，三名五十歲女性打扮帥氣，琦貞等人片刻後才發現她們，剛好三對三，六人對望，媛熙不好意思地朝她們點頭，琦貞等人低頭喝酒，其中一名女性邊撕魷魚邊開口說：

女子　讓那個毫無目標、吃東西像動物的五十歲女人來告訴你，我不是不明白你的意思，三十歲的時候以為自己能活得很帥氣，結果一事無成，當然也會納悶四十歲該怎麼辦，活到五十歲又可以幹嘛……但其實，五十歲真的沒什麼，就像十三歲的我睡了一下午覺而已，我相信到八十歲也一樣。

琦貞、媛熙、慧蓮像罪人一樣沉默……
琦貞愧疚低頭……

45　昌熙的便利商店（晚上）

昌熙在櫃台欣賞《仁王霽色圖》，
工讀生把礦泉水放進冰箱……

昌熙　上學時，我在美術課本上看到山水畫，以為是中國……或者北韓……因為我沒有看過那種山。朝鮮時代的風景圖畫都是岩石山，我搬來這裡才發現，啊，原來在韓

國，鄭歡當時畫的是他家的後山……京畿道的山是一整片綠油油的山脈……這種岩石山只在江北地區有，漢江以南就沒有了。（看圖）我之前在景福宮散步時發現驚人的事情，十分鐘的路程穿越了四個區，我想說為什麼門牌號碼會設置得這麼瑣碎……才發現原來區域不是以面積區分，而是人口數，代表朝鮮時代那裡的人口密度很高。你聽過八判洞嗎？在景福宮後面，據說朝鮮時代時那裡就住了八名判書，所以才叫八判洞。

工讀生　你要考試嗎？

昌熙　　……（尷尬）

工讀生　怎麼這麼認真讀書？

昌熙　　……因為我剛成為首爾市民啊。

工讀生　首爾人也不知道這種事情。

昌熙　　……

工讀生　而且要三代都生活在首爾才算首爾人。

昌熙　　誰說的？

工讀生　研究首爾的某個博士。

昌熙　　住在首爾就算首爾人了，哪需要三代……你是首爾人嗎？

工讀生　……對，我爺爺那一代開始就住在這裡了。

昌熙　　……真好。（發呆，繼續看畫冊）那我的孫子就是首爾人了。

工讀生　你不是說不結婚？

　　　　　　　　　　　　　　　　　　　EPISODE 15

昌熙　……

工讀生　不是聽說跟那個姐姐徹底分手了？

昌熙　……（看畫冊）

工讀生　（整理商品，自言自語）那個姐姐長得還不錯……

昌熙　……（看畫冊）

46　餐廳3附近・都市一角（晚上）

琦貞與慧蓮站在一起，朝媛熙道別，說：「回家小心，再見。」

媛熙離開，琦貞與慧蓮走著。

琦貞　你會不會想念宣禹？

慧蓮　偶爾會。

琦貞　住了七年的人突然消失，我應該會很空虛。

慧蓮　當然會空虛，但也輕鬆很多，首先沒有婆家了。（笑）

琦貞　真好，那代表我沒有曹景善了。

慧蓮　我變成孤家寡人之後，突然覺得愧對那些被我認為單身未婚很可憐的朋友，對他們感到很不好意思，是我太自大了，單身也可以過得很好的，過得很幸福。

琦貞　……

慧蓮　可以在想要的時間吃喜歡的東西，想睡覺的時候就睡覺……我這才發現原來吃東西與睡覺，這兩項這麼簡單

的事情可以隨心所欲地做原來這麼幸福……就算一個禮拜不打掃，家裡也還是原本的樣子。

琦貞　你以前還說結婚的好處是半夜兩點可以有人陪你去吃辣炒年糕，我都被你說服了，覺得結婚真好……我那時候好羨慕你。

慧蓮　但你不可能每天半夜兩點都想吃辣炒年糕吧。

琦貞　……

慧蓮　恢復單身後我才意識到，我這幾年過得有多累，要定期拜訪婆家、一起用餐……搞不懂為什麼要跟那麼多人一起吃飯。人生或許就是這樣，無論婚姻或職場，需要盡力與他人配合。先生離開後，我就放下這一切了，我不需要與他人磨合，現在自己一個人活著就好。

琦貞　……我連試都還沒試過。

兩人靜靜地走著。

47　便利商店（晚上）

琦貞在貨架前拿著驗孕棒發呆，
閱讀包裝上的文字，
後方有三名女學生靠近，傳來聊天的聲音，一名學生停下腳步。
原來是宥林，她看到琦貞及她手上的驗孕棒。

琦貞慢了一拍才發現宥林。

琦貞　補習結束了喔？（發現手上拿著驗孕棒，不知該如何是好，最後塞進外套口袋）不是啦……只要買了這個，我的生理期就會來，所以每個月都要浪費一次錢。

宥林　……

琦貞　沒有，我跟你保證不是懷孕。（所以不要擔心）

宥林不理睬，往門邊走，
結帳後跟朋友走出去。

朋友　她是誰？

宥林　（朝櫃台）那個阿姨把驗孕棒放在口袋。

琦貞　！

在櫃台值班的中年婦女望向琦貞，兩人對視，
琦貞趕快揮手，像舉白旗那樣，
然後從口袋裡緩緩拿出驗孕棒……

琦貞　我正打算要結帳……

48　便利商店前（晚上）

兩位朋友嘻嘻笑笑，宥林則是一臉憤怒與絕望。

49　街道一角（隔天，白天）

騎腳踏車的昌熙，

把要歸還的書放進「正讀圖書館」的還書箱，

再次騎乘腳踏車，由於鄰近景福宮，周圍古色古香。

50　昌熙的便利商店（白天）

昌熙騎腳踏車，敏奎站在便利商店前，兩人相遇。

昌熙　（停下腳踏車）組長怎麼過來了？

敏奎　我剛好在附近吃飯就過來了，你怎麼訂這麼多新商品？
　　　會不會太努力幫金代理了？

昌熙　雖然我沒有當上組長，但我會讓管理這間分店的人當上
　　　組長。（走進便利商店）

51　昌熙的便利商店（白天）

昌熙與敏奎坐在桌邊，桌上擺著咖啡，兩人平靜地對話，
櫃台裡是一名女工讀生。

敏奎　真厲害，把貸款都還清了。

昌熙　（苦笑）

敏奎　如果是我應該受不了，你怎麼撐下去的？

昌熙　咬牙苦撐啊。

敏奎　（喝咖啡）

昌熙　……我認識一個大哥，他每天都盯著山看，說世界上有
　　　七十七億跟他一樣的人。七十七億是怎樣的數字很難理
　　　解，所以假設每個人都是一元硬幣，七十七億枚一元硬
　　　幣就能堆得跟那座山一樣高了。（假如這裡看得到山就仰
　　　望，沒有也無妨）嗯……我只是一枚微不足道的一元硬
　　　幣……人生竟然能如此戲劇化。（再度苦澀地喝咖啡）

52　泰勳公司・辦公室＋熙善家・廚房（白天）

泰勳接聽電話的表情既慌張又僵硬。

泰勳　……誰說的？

熙善　（為難）宥林說她看到的。

167

泰勳	……！
熙善	如果她跟你說懷孕了，就別囉嗦直接結婚吧。
泰勳	……（表情沉重）
熙善	我覺得……應該這樣比較好，如果再拖下去只會更辛苦，只要宥林看到小嬰兒可愛的模樣，一定也會疼愛寶寶的。
泰勳	……知道了。（停頓）好，再見。

泰勳掛斷電話後心情非常沉重，想著該怎麼辦？

思索片刻後打開手機，不知該如何開口，

苦惱後打字：

「今天晚餐要不要一起吃飯？」

不久後，琦貞讀取訊息，「好啊！！！！」

看起來心情不錯……「想吃什麼？」

泰勳傳送訊息後等待，

片刻後，「全～～～部都想吃！！！！」

特寫泰勳的表情。

53　美貞公司2・卡片發行室（白天）

美貞工作至一半看手機，畫面上是與具先生的聊天室，

「暖爐應該送達了／在門口」訊息顯示已讀，但沒有回覆，

美貞打字。

美貞　（E）不回訊息的習慣都沒變呢。

美貞收起手機，再次專心工作，不被具先生的行為影響。

54　具先生公寓（白天）

具先生看著桌上的手機亮起，
收到美貞的訊息，但沒有點開，
桌邊有酒瓶，似乎已經喝了不少，將毛毯蓋上，身體輕微顫抖，表情不悅，似乎在生氣。
眼神銳利，深呼吸，想放鬆心情，下一秒突然起身走向浴室，嘩啦……傳來水聲。

55　具先生公寓‧玄關前的走廊（白天）

裝有暖爐的箱子放在玄關前，大門突然打開，具先生看都不看一眼就往外走，與箱子反方向。

56　申會長的辦公室（白天）

申會長與具先生相對而坐。

申會長　你跟這個圈子的人不同，不會賭博，也不會玩女人，不

　　　　會惹是生非，只會自己安靜地喝酒，所以我才看中你，

　　　　願意跟你合作……但現在酒精成了問題。

具先生　……

申會長　聽說不久前一位經理還因為小紛爭就打得頭破血流？你

　　　　做事的周全性不如以往了。

具先生　……

申會長　想放任不管嗎？你可別狡辯說你沒有酒精中毒。

具先生　（不在乎）

申會長　如果靠意志力撐不下去，就用藥物，要各方面嘗試才

　　　　行，你要繼續頹廢下去嗎？你不是還叫白社長的妹妹去

　　　　看心理醫師？

具先生　！

申會長　好像還跟她說什麼三分之二的理論……什麼到那之前都

　　　　不算什麼……

具先生　！

申會長　難道都只是說好聽的？

　　　　原來白社長把這些都告訴申會長了！

　　　　具先生沒有動搖，很快就恢復自在。

具先生　我有去醫院。

申會長　他們說沒有。

具先生　我換了地方，金醫師太無聊了。

申會長　（不相信）有所謂有趣的諮商嗎？

具先生　我跟無聊的人沒辦法講話超過十分鐘。

申會長　……（質疑）新的地方比較有趣嗎？

具先生　……

申會長　……你們都聊什麼？

具先生　……（思索）對方說我總是處於警戒狀態，（比出食指）因為我是一。

申會長　？

具先生　隨時要小心有沒有酒瓶或刀子飛來，或是誰吞了我的錢，無時無刻都在觀察、防禦、打架……這門生意無法找夥伴分擔，而是注定要一個人進行。（稍微停頓）我抱著一天只要快樂五分鐘的原則活著，收集那四秒、七秒的開心時光，去集滿五分鐘……但今天還沒收集到一秒……（想起）這樣一講就感覺……收集了三秒……

申會長　（相信他有去諮商）

具先生　（彷彿持續有好心情）六秒……（持續）今天頗久的……

57　美貞公司2前（晚上）

美貞下班，具先生在一旁等候，
美貞望了一眼具先生，然後走至前方。

美貞　十二次，以後你的綽號就叫十二次，一天要改變心意

十二次……

具先生　別小看我，是百萬次。

具先生加速走到前方，即使知道自己有錯在先也不輕易認錯，
美貞一臉好氣又好笑，跟在後頭。

58　都市一角（晚上）

兩人在路邊攤吃東西……

具先生　你要不要打工？

美貞　　打工？

具先生　……

美貞　　打掃？

具先生　不是。

美貞　　不然是什麼？

具先生　（繼續吃，猶豫該不該開口，片刻後）聽我講話。

美貞　　（困惑）

具先生　我以前進牛郎店當公關只做了兩週就辭職，因為人類太
　　　　愛發牢騷了，抱怨丈夫外遇怎樣怎樣的……我寧願被人
　　　　打到鼻青臉腫也做不了那種事，聽別人講話的職業應該
　　　　要收錢才對。

美貞　　……

具先生　十次就好。

美貞　　？

具先生　諮商基本上都是十次，十次結束後如果還需要，就再十次。

美貞　　（笑）

具先生　反正你不是喜歡聽我講話嗎？

美貞　　你現在會開玩笑了。

兩人繼續吃。

59　行駛中的泰勳車子（晚上）

琦貞腿上放著一袋橘子，不停剝著橘子吃，興奮地不斷說話，似乎已經吃了不少，袋子裡有許多橘子皮，泰勳邊開車邊注意琦貞剝橘子的手與吃橘子的樣子……感覺她食量變大而感到不安。

琦貞　她結婚七年，然後老公過世，但是她說結婚之後半個腦袋都在想每天要煮什麼，「冰箱裡有什麼？啊，蔬菜壞掉前要趕快煮完，對了，還有魚！」我太明白她的心情了，自從媽媽過世後，我每天都在想要煮什麼給爸爸吃……就算加班累得要死，還會突然（睜大眼睛）想起「慘了！忘記買麵粉！」，哈哈哈。

173

琦貞塞了很大一塊橘子到嘴裡，然後又開始剝，
泰勳沒說話，但表情有些驚慌。

泰勳　慢慢吃，別吃壞肚子了，你剛才晚餐已經吃了不少……

琦貞　我很奇怪，只要吃水果就想塞滿嘴巴，像是大口喝下果
　　　汁那樣……

琦貞嘴裡塞滿橘子，調皮地看著泰勳，
泰勳強顏歡笑。

琦貞　再加上……生理期的食欲也比較好。

泰勳　！

琦貞　只要生理期一來，什麼東西都變好吃，生理期之前心情
　　　會很煩躁，看什麼都不開心，但只要生理期一開始就馬
　　　上好了，（爽朗）感覺像是什麼都沒發生過那樣。

泰勳　（馬上鬆一口氣）啊，原來是生理期來了啊，太好了，我
　　　以為……

琦貞　（困惑，片刻後明白）你以為我懷孕嗎？（急忙說）我沒
　　　有懷孕！

泰勳　（放心）真的太好了。

琦貞　真是的。（瞪）

琦貞繼續剝橘子，但臉上的笑容漸漸消失，剝橘子的速度與進
食的速度也減緩，原本感到安心的泰勳察覺到琦貞的心理變

化。

泰勳　……對不起，我說錯話了。

琦貞　……（擠出微笑）沒事。（但還是在乎，笑容僵硬）

泰勳　……（真心）真的很抱歉。

琦貞露出淺笑看著泰勳，然後垂下頭，

鏡頭特寫兩人。

60　具先生公寓（晚上）

發出溫暖紅光的電子暖爐前，

美貞與具先生在地板上鋪被子，圍著毛毯，

具先生喝酒，美貞則是將餅乾與起司疊在一起，做成下酒菜。

具先生　與你再次相遇後我很後悔，「瘋子，幹嘛又跟她聯絡，像
　　　　之前在山浦那樣結束也不算太糟，到底還想讓她多失
　　　　望……」（看著美貞，大聲說）廉美貞！！

美貞　（一震）嚇我一跳。

具先生　你要記得，我曾經非常喜歡你。

美貞　！

具先生　雖然不知道我以後會淪落到哪裡，大概會睡在首爾站，
　　　　如果我能在那之前離開你就好了。（總之）我真的曾經很

喜歡你。

美貞　……（鞠躬）謝謝。（表情開心）

具先生　……我真的很討厭人類，只要看到別人在我的眼前晃就
　　　　覺得煩，我不知道我會不會突然生氣，然後給你怎樣的
　　　　眼神，或是做出怎樣的言行舉止，我很害怕，但是！你
　　　　一定要記得，即使我以後變成超超超超超超超級大混
　　　　蛋，我真的發自內心喜歡過你。

美貞　真想錄音……

具先生　（把美貞的手機拿來面前）錄啊！

　　　　美貞按下錄音鍵前，
　　　　具先生低頭湊近手機。

具先生　廉美貞！！我以前真的很喜歡你！

　　　　然後又喊著「廉美貞」撲倒美貞往下躺。
　　　　#電子暖爐旁，兩人用棉被與毛毯緊緊包住身體，具先生從後
　　　　方抱著美貞，兩人閉上眼睛。

具先生　（疲憊，聲音低沉）十次結束後，如果還有話想說就再十
　　　　次……就這樣延長……直到無話可說時就結束……我
　　　　們……就這樣到日落吧……

美貞　……好。

即使談及關係的結尾，美貞仍不感擔憂，表情平靜，

具先生將頭埋在美貞身後，然後——

具先生 昌熙過得還好嗎……

美貞緩緩張開嘴，想起昌熙經歷了驟變，個性改變許多，

然後再度閉上雙眼……

61 公寓·客廳與廚房＋工廠（隔天，白天）

昌熙正在通話。

昌熙 貸款都還完了。

濟浩 ……（心疼）辛苦了。

昌熙 ……下個週末會回家一趟。

濟浩 你那麼忙，幹嘛回來，別跑一趟。（停頓）好好吃飯。

（停頓）先這樣。

濟浩掛斷電話，欲哭，壓抑內心情緒，再次戴上手套製作抽

屜。

177

62　公寓・客廳與廚房（白天）

昌熙穿上外套走往玄關。

昌熙　　我出門了。

昌熙出門，從開啟的房門可以看到琦貞坐在房裡發呆，
然後走到廚房打開抽屜，找尋某物，
找到剪刀後往浴室走去。

63　公寓・浴室（白天）

琦貞站在鏡子前，擺頭看著兩側的頭髮，然後拿起手上的頭髮
端詳，回想剛才剪頭髮的樣子。
畫面跳轉，一束束頭髮喀擦喀擦……散落在洗手台，琦貞看
著鏡子說「好像還不錯」，然後又繼續剪……
畫面跳轉，琦貞用水沾濕短髮，感覺很清涼，備感舒暢，一點
也不悲傷，反而鬆了一口氣，鏡頭特寫琦貞髮尾沾濕的樣子。

64　道路一角（白天）

昌熙騎腳踏車，

　　　　　　　　　　　　　　EPISODE 15

速度加快，特寫昌熙的表情。

65　公寓·客廳與廚房（白天）－回想

昌熙情緒激動，朝賢雅發脾氣，
賢雅坐在餐桌邊，不想理會。

昌熙　你想要我變得一團糟嗎？你一定要照顧失魂落魄的傢
　　　伙，才會覺得自己被需要、仍然活著嗎？你看到我活得
　　　好好的，是不是就無聊地要瘋了？

賢雅　（低頭）才不是！

昌熙　還否認？我得像赫修哥那樣得不治之症你才會為我燃燒
　　　生命。我因為太腳踏實地認真工作，讓你覺得很無聊，
　　　因為我太正直、太平凡了！

賢雅發出怒吼，打翻桌上所有物品，
由於全被說中而更加難受。

昌熙　……我現在可以在便利商店工作好好活下去，無法為了
　　　讓你感到快樂而再次回去地獄，我不想受到眾人的藐
　　　視……我不想再承受那種豬狗不如的人生……我拒絕，
　　　我不會得到不治之症！一輩子都不會……我會這樣平凡
　　　地度過一生，所以你走吧。（轉身）

#現在，騎車的昌熙。

66   公寓・昌熙的房間（其他天，白天）－回想

昌熙跪在賢雅面前，冷靜且真心地說：

昌熙   如果你活得很痛苦……再來找我，如果我還是一個
人……我願意接納你，你可以短暫休息……當需要離開
的時候，你就離開，沒關係，我們……真心祝福彼此，
分手吧。

賢雅   （落淚怒瞪）什麼祝福？你信教嗎？

昌熙   對，我上教會，我決定要上教會，感覺該去了。賢雅，
池賢雅，沒事的，我對你沒有埋怨，我不是不了解你，
我不會因為事情不如我意就生氣，你也別因為追趕不上
我就感到愧疚，我真的一點也不埋怨你，我發自內心祝
你幸福，我們別對彼此懷抱怨恨，好好祝福彼此，分道
揚鑣吧。

昌熙將手放在賢雅頭上，賢雅甩開，
昌熙冷靜地坐著，賢雅忽然起身離開，大力關上玄關門。

67　街道一角・看得清楚仁王山的地方（白天）

騎腳踏車的昌熙，

就這樣吹著風，

突然停下來，像是把腳踏車丟掉一般的下車，表情痛苦，

嚎啕大哭，感到萬分自責，

想要忍住，但內心的悲痛湧上，

最後跌坐在地大聲痛哭……

坐在雄偉的山對面，徹底崩潰，

哭了許久之後，昌熙盯著山。

昌熙　　（E）哥，我不是一元硬幣，我好像就是那座山，我好像
　　　　該回去那座山。

眼淚逐漸停止，昌熙無念無求，猶如一張白紙，遠眺山脈，鏡
頭特寫昌熙。

16

「對那些每天早上來找你的人，露出這樣的笑容歡迎他們吧。」

1　公寓外景（白天）

2　公寓・客廳與廚房（白天）

琦貞坐在餐桌前吃早餐，昌熙在廚房將玉米脆片倒入碗裡，再加入牛奶，美貞自浴室洗梳完走出來，進入房間，昌熙拿著碗坐到琦貞面前，瞄了她一眼，忍不住說：

昌熙　別拿頭髮出氣，不然要換泰勳哥剃髮出家了。

琦貞　……（一震，感覺的確像是泰勳的作風）

昌熙　如果是我也會這樣，要面對每天發瘋的姊姊、不聽話的女兒，還有難搞的女朋友……唉……

琦貞　……（氣）能夠受我控制的除了頭髮還有其他東西嗎？

昌熙決定不再干涉，琦貞板著臉繼續吃飯。

3　都市一角（白天）

午餐時間，上班族們紛紛走出公司，
琦貞面無表情地與金理事、素英、女員工1走在路上。

素英　你真大膽，竟然自己在家裡剪頭髮。

琦貞　（摸頭髮）我還是有去理髮店修一下。

素英　如果剪壞了怎麼辦？而且還是拿廚房用的剪刀。

琦貞　……我只是想親自剪一次。

金理事　……（明白有原因）心情有比較舒暢嗎？

琦貞　……

琦貞的手機響起，是泰勳傳來訊息。

訊息內有一條連結：「我在想伯父生日時要不要送這個。」

琦貞表情木然，打字。

4　餐廳1（白天）

泰勳與三名男同事吃飯，查看琦貞傳來的訊息。

「不不不不不！！／不需要送他／真的／你連中秋節、過年都送了，怎麼連生日也要送！／我爸生日就不用多禮了／拜託……求求你了……」「知道了，哈哈哈」「呼……／謝謝你哈哈哈」「這個週末回家小心／午餐愉快」「泰勳也有個美好的午餐＾＾」

視窗裡能見琦貞傳來開心的貼圖，

泰勳看到後也露出輕鬆的表情，收起手機，專心吃飯，不斷有人進入餐廳。

5　餐廳1前（白天）

琦貞的表情與開心的貼圖大相逕庭，雙眼無神，收起手機，跟著一行人走進餐廳。

6　餐廳1（白天）

泰勳與同事吃飯，低聲討論調味是否太鹹。
泰勳雖然認同，但沒有多作反應，繼續吃，
然後聽見許多客人進入餐廳的聲音。

琦貞　（E）我要吃***。

泰勳感到訝異，聽到琦貞的聲音而轉頭，但沒看到人，
琦貞一行人坐在泰勳後方，中間隔著一桌，再加上琦貞背對泰勳，泰勳一時認不出剪成短髮的琦貞，繼續回頭吃飯。

琦貞　（E）頭髮變短之後，感覺衣櫃裡的衣服都不合適了。
泰勳　（真的是她！再次轉頭確認）
金理事（看到泰勳，天哪！）你好。
泰勳　（點頭問候）
琦貞　（聽到金理事一說，轉頭驚呼）泰勳！

琦貞感到開心，但泰勳看到琦貞的短髮有些訝異，泰勳桌邊的男同事向琦貞打招呼，也對更換髮型的琦貞感到陌生……琦貞向男同事們問好：「你好。」

泰勳　　頭髮……

琦貞　　啊，剪掉了。

泰勳　　這樣啊……

兩人陷入尷尬，金理事也感受到兩人的尷尬。

琦貞　　（極力裝作開心）今天我們在同一家餐廳吃飯呢。

泰勳　　對……

兩人中間空著的桌子有客人入座。

琦貞　　（爽朗）快點吃吧，菜都涼了。

泰勳　　好，（朝金理事說）請享用。

各自回到自己的桌邊，陷入沉默……

男子　　（偷瞄，低聲）完全換了一個造型耶……

泰勳　　……

金理事（低聲）你沒有跟他說剪頭髮的事情嗎？

琦貞　　……

7　卡片發行室・更衣間（晚上）

女職員們開心地談天、更衣，有人把黑色的圍巾披在頭上，模仿無臉男，美貞與一夥人笑得東倒西歪，然後習慣性地打開手機。

8　汝矣島・都市一角（晚上）

美貞與兩位男同事一起下班，自在地交談⋯⋯

男子1　每次要去江南都跟戰爭一樣，（朝美貞說）回江北的路就沒有這種煩惱吧？

美貞　我今天也要去江南，跟前公司的人有約。

男子1　（訝異）看來你跟前同事的關係很好，離職後還會見面。

美貞　（笑）

美貞笑著，但視線落到某處後頓時愣住，一名男子（燦赫，三十歲左右）直挺挺地盯著美貞，兩人感到尷尬不已。美貞率先移開視線，男子也別過頭，無聲地罵出髒話，美貞雖有看到，但別無他法，同事們依然在聊天，美貞表情沉重。

9　江南站附近（晚上）

美貞從地鐵站走出來，因為剛才的不期而遇臉色不佳，繼續走
著。

10　餐廳1前（晚上）

向旻、泰勳、香琪三個人和樂融融地站在路邊聊天，香琪看到
美貞馬上雀躍地揮手，美貞露出笑容快步走去。

美貞　（鞠躬）大家好。

香琪　好久不見。

向旻　好久不見，（朝泰勳說）不過你們⋯⋯比較常見面吧？
　　　你跟美貞的姊姊應該還⋯⋯

泰勳　當然。（雖然仍然在意白天的事）

向旻　美貞越來越⋯⋯（想說越來越漂亮但忍住）明知不該說這
　　　種話的，我又來了。

香琪　要把話講完啊，越來越？

向旻　越來越⋯⋯（恭敬地鞠躬）新年快樂。

香琪　怎麼突然鞠躬？

向旻　是發自內心，誠心誠意的（低頭）新年快樂。

香琪　你白天喝酒了嗎？

向旻　很久沒看見大家，太開心了。

泰勳　我們進去吧。

11　餐廳1（晚上）

喝了一陣子，向旻心情亢奮。

向旻　之前我參加同學會，跟一位在出版社工作的同學提到出
　　　走同好會的事情，他說希望看看我們寫的出走日記，我
　　　們四個人的喔，結果他說想要出版。

眾人感到訝異。

香琪　出版嗎？

向旻　他說我們從成立的過程就很有趣，他覺得有點意思，雖
　　　然我不明白他在想什麼，但看到他興奮的神情，我也跟
　　　著激動起來。他說這能成為平凡上班族要如何生存下來
　　　的故事，「解放」一定能帶動話題。我說我們有一位成員
　　　已經離職，所以沒有繼續聚會，他說沒關係，一直要我
　　　給他看，但這又不是我自己就可以決定的事情……我跟
　　　他說要先跟你們碰面詢問意見，他今天原本還想跟過
　　　來，我覺得太誇張，阻止了他。

香琪　（興奮）我們要成為作家了嗎？

泰勳　（笑著，但為難）嗯……但我可能沒辦法。

向旻　為什麼？覺得有負擔嗎？

泰勳　我也沒寫幾篇……（況且）那都是很私人的事情……

向旻　用假名不就好了？我們乾脆趁機取個筆名吧。

眾人　（笑）

向旻　我也只寫了大概一半而已，但我們四個人的合在一起份量就足夠了吧？

香琪　我寫了兩本，出走同好會解散後還持續在寫。

泰勳　真不簡單……

向旻　美貞你呢？

美貞　！

向旻　持續在寫日記嗎？

美貞　……沒有……我只寫一本就結束了。

向旻　……結束聽起來……就像完成了某件事呢。

美貞　（笑）不是那個意思啦，但是……我不知道這些內容能否編成書……

向旻　（突然）我同學說一定沒問題，他光聽我們的故事就……（停頓）不好意思，是我太多嘴了，都沒有先問過你們，我一時興奮就講了，一把年紀的人了還這麼不受控制……（總之）我把你們三個人的故事都告訴他了，包含你們各自想從什麼事情裡解放，他很喜歡，說很發人深省。

三個人感到開心，卻仍然顧慮，

一段時間後，向旻與泰勳微醉。

向旻　　我們分道揚鑣時還滿腔熱血，決心在各自的道路上堅持
　　　　到底，但那只是一時的情感，我現在就連日記在哪裡
　　　　都不知道，當時我因為「解放」一詞深受感動……也對
　　　　爸爸的筆跡為之動容，每個時刻都觸動了我……但回過
　　　　頭來還是繼續過著索然無味的人生……不過剛開始
　　　　時……推行獨立運動的心情大概就是這樣嗎……心中懷
　　　　抱期待，我的解放。（眷戀的表情）

香琪　　可是把日記弄丟了。

向旻　　（抓頭苦惱）我把辦公室都翻遍了，還是找不到。

香琪　　家裡呢？

向旻　　家裡……我還沒仔細找過，因為……家裡不是我可以隨
　　　　便插手的地方，我要得到許可才行。一定會找到的，我
　　　　不可能丟掉它。

　　　　泰勳沉浸在自己的世界裡，靜靜地說：

泰勳　　我們確實踏出了第一步，但好像有點空虛？

　　　　眾人沉默。

193

香琪　但也不算是毫無收穫吧？

泰勳　你有成功嗎？解放這件事？

香琪　（思考）有時候似乎成功了，有時候又像是白費功夫⋯⋯
　　　但我覺得不是一場空，曹課長沒有感受到（些許）改變
　　　嗎？

泰勳　（思索）除了發現讓我疲憊不堪的原因之外⋯⋯

　　　眾人安靜。

美貞　那應該⋯⋯就是解放的全部意思了吧，可以找到內心的
　　　癥結點。

　　　眾人安靜。

12　高級公寓（晚上）

　　　數鈔機快速運轉，

　　　兩旁的小弟在數錢，會計師整理資料，

　　　申會長與具先生保持疏離的態度，

　　　會計師將整理好的資料遞給申會長，申會長仔細確認，

　　　確認後將資料還給會計師，將錢放入保險櫃，整理桌面。

申會長　該是時候處理賢社長了。

具先生　！

申會長　他這段時間吞的錢也夠多了，就用營業額下滑的理由解決他，移去別地方開店吧。（起身）

具先生　……

13　**高級公寓・走廊（晚上）**

#申會長表情凝重，帶著小弟走出房間。

#具先生也跟小弟走出來，

鏡頭特寫具先生等待電梯時的僵硬表情。

14　**賭場建築物前（晚上）**

附設非法賭場的廢棄建築物，

具先生的車停在前方，下車走近。

15　**賭場前（晚上）**

#具先生走在廢棄大樓的狹長走廊，打開一扇門。

#非法賭場，桌邊的人大聲嬉鬧，

具先生環顧四周，找尋賢振，馬上就找到了。

賢振在場上賭了最後一把……表情悵然若失，

對面的男子收拾桌上的錢，

賢振這才看到走向自己的具先生，倉皇起身，

具先生趕緊追上前。

#走廊及樓梯。

具先生一改姿態，不疾不徐地追在後頭，語氣駭人。

具先生　我在鄉下活得好好的，你一直說服我回來，其實只是需要賭博的本錢吧？

賢振　　（邊咒罵邊逃）

具先生　你不能戒掉嗎？你就不能戒賭嗎！！

賢振　　（邊逃，氣憤）那你呢？你可以戒酒嗎？一大早就在灌酒的臭小子……

具先生　……！

賢振　　連自己的手機號碼都記不起來的人，憑什麼對我說教……（逃到門前，最後放話）你管好你自己的腦袋就好。

賢振想開門，卻發現門已鎖上，拚命搖晃門鎖，具先生緩慢靠近，停在賢振面前，賢振察覺自己屈居下風。

具先生　從明天開始，只要有一天的營業額低於八千萬，你就要走人了。

賢振　……

具先生　記得，只要一天沒有八千萬，你就不用出現了。

賢振　……

具先生轉頭要離開，又再度回頭。

具先生　我不需要知道自己的手機號碼吧？（離開）

16　行駛中的具先生車內（晚上）

具先生被賢振羞辱，不悅地喝酒，

這時聽到手機鈴聲，查看自己的手機並沒有來電，但鈴聲不止。

具先生　你不接電話嗎？

杉植　什麼？

具先生　電話不是在響。

杉植　嗯？（看著固定器上的手機顯示為黑色待機畫面）

具先生　不是你的手機嗎？

杉植　有聲音嗎？

具先生　……！

鈴聲突然大作。

具先生 ……（呆滯）你沒有聽見這個聲音嗎？

杉植 ……什麼聲音？

具先生 ……！

　　　　杉植一臉困惑，從後照鏡看具先生，

　　　　具先生有些慌亂。

　　　　鈴聲緩緩漸弱……然後停止。

具先生 ……！

　　　　具先生苦笑，看來自己真的生病了，他習慣性地將瓶口湊近嘴

　　　　邊，然後停頓，看著眼前的酒瓶心想：原因就是你。但仍不顧

　　　　一切地喝下肚，望向窗外。

17　餐廳1前（晚上）

　　　　泰勳打開計程車的後門，讓美貞跟香琪上車，

　　　　彼此道別「先上車吧」、「再見」、「路上小心」，

　　　　計程車離開後，剩下向旻與泰勳。

向旻 （醉意重）我要搭公車回去，告辭了。（雙手放在胸前，
　　　 認真地鞠躬）新年快樂……

泰勳　（回應向旻誇張的行為，一樣將手放在胸前鞠躬）好的，
　　　部長也新年快樂……

向旻　……（轉身）

泰勳　路上小心。

泰勳停頓一陣子後轉身。
#畫面跳轉，泰勳站在紅綠燈前，即使有醉意仍若有所思，
綠燈後往前走。

18　行駛中的計程車（晚上）

香琪與美貞望向窗外……

香琪　我……忘不了美貞你說過的那句話……

美貞　？

香琪　以前你曾說，自從下定決心要解放後，感受到了未曾有
　　　過的感覺，突然覺得……自己很可愛的那句話。

美貞　！

香琪　（溫柔）覺得自己很可愛，是怎樣的感覺？

美貞回想自己何時講過這句話，彷彿是遙遠的從前。

19　具先生公寓附近（晚上）

美貞站在路邊，香琪在後座與她道別。

香琪　下次見。

美貞　回家小心。

美貞看著計程車離開，然後走向公寓。
#無人的路邊，一名男子靜悄悄地跟在美貞背後，然後突然衝向她，美貞嚇得轉身一看，原來是一臉笑嘻嘻的具先生。

美貞　（訝異）你現在會開玩笑了……

具先生一聽又擺出冷漠男子的樣子，走在前方。

20　具先生公寓（晚上）

大門關上，又聽見酒瓶傾倒的聲音與笑聲，
具先生打開直立式檯燈，坐上單人座沙發……
美貞將暖爐挪至兩人身邊，打開電源，
具先生喝酒，端詳自己的手，似乎沒有異樣……

具先生　我以為會先出現手抖的症狀，沒想到是耳朵先有問題。

　　　　（無法輕易說出自己有幻聽）

美貞　　？

具先生　我的大腦正在崩壞吧，畢竟眼睛一睜開就在灌酒，這樣

　　　　也是自作自受。

美貞　　很少人一早就喝酒，就連酒鬼也絕對不會在早上喝酒。

具先生　喝醉比清醒的時候好受。

美貞　　清醒為什麼不好受？

具先生　（笑）如果頭腦清楚……過去的人們就會浮現，所有

　　　　人……死去的人也是。（假裝沒事，擠出微笑）

美貞　　……！

具先生　早上我一起床，沉睡的人也會一一醒來……朝我走來，

　　　　一個接著一個……沒完沒了，我會把那些不請自來的人

　　　　全都摧毀，盡力辱罵，如果這樣待個一小時……就很累

　　　　了，光是坐著就沒力，感覺全身……流淌著汗水……只

　　　　能告訴自己：「醒醒吧……喝點酒……只要喝酒那些人

　　　　就會消失……」

美貞　　……

具先生　所以喝醉的我比清醒的我還要好相處。

美貞　　……去找你的人裡面有我嗎？

　　　　具先生以笑代答。

201

美貞　怎麼辦，我沒有酒精成癮，但很能理解你的意思。

具先生　……

美貞　就算睡得很飽，早上刷牙時，崔組長那傢伙就已經在我腦海裡，韓秀珍那女人也是……甚至連鄭燦赫那傢伙也在。

具先生　……！

美貞　我只是剛睡醒而已，卻在刷牙的時候就已經憤恨不平。

具先生　……

美貞　……

具先生　那傢伙的電話幾號，只要有電話，我馬上就能解決他。

美貞　……那傢伙不能還我錢。

具先生　……！

美貞　我要讓時間長長久久地證明那傢伙有多差勁，不是因為我很軟弱所以他選擇離開我，是因為他很差勁才做出這種事。我去參加他的婚禮，讓他感受自己有多糟糕，如果他的小孩辦周歲宴，我也要去參加，讓他知道自己犯了什麼錯……所以我才會這麼無力，我總想藉由他人有多差勁來證明我存在的意義。

具先生　……

美貞　……

具先生　想證明他們很差勁的人之中，也有我嗎？

美貞　……你在我腦海裡的聖域，我已經下定決心不會討厭你了。

具先生　……！

美貞　　你離開、媽媽過世、爸爸再婚……我好像……一直被拋棄，無論在任何關係中，我從來都不是主動離開的人，總是對方先離開，我就連自責也覺得痛苦萬分，所以把問題都推到對方身上。但是自從跟你在一起之後我就下定決心「不再收集糟糕透頂的人了」，如果有好的發展就開心享受，如果跌落谷底也不要讓自己丟臉，以人類對人類的文明方式應對，永遠替你加油。如果當我感覺要討厭你的時候，就趕快暗自祈禱，希望你不要感冒，也不要因為宿醉而難受……

具先生　……

美貞　　但因為太多煩心的事情了，所以當我煩得想要罵人時，我就會說出「鄭燦赫這個臭傢伙……」。（微笑）當總是事與願違，不知道該怎麼洩憤時，我就會默唸「鄭燦赫死小子……」。（微笑）

具先生　……

美貞　　所以如果那傢伙真的把錢還清之後，我該怪罪誰呢？我反而擔心他還錢。（微笑）

具先生　……仔細想想……我……好像從沒感冒過……

美貞　　……

具先生　（喝酒，微笑望著美貞）

203

21　熙善的店前（晚上）

泰勳提著空酒瓶的箱子來到外頭，

深呼吸後望向天空，雖然冷但不想進屋，

熙善在店裡擦拭桌子，看著泰勳，

然後走進廚房，

泰勳東看西看，站在原地。

22　堂尾站月台（隔天，白天）

#電車進站的聲音，電車駛進月台。

#乘客下車，電車關門駛離。

23　堂尾站前（白天）

斗煥在摩托車上看著車站，

仔細看著，乘客陸續走出來。

不久後，昌熙走出來，美貞與琦貞跟在後頭，斗煥眉開眼笑，

後面跟著足球隊的孩子們（小四至小六年紀）氣喘吁吁地跑向

斗煥。昌熙看見斗煥，美貞朝斗煥揮手。

斗煥　大家一起往後跑，舉起雙手說歡迎光臨！！

孩子們（整齊地往後跑，揮手高聲吶喊）歡迎光臨！！

　　　三姊弟走向公車站，輕聲笑著，

　　　琦貞與美貞一同揮手。

斗煥　再往前跑！

孩子們（往前跑）

斗煥　等會兒見！（騎著摩托車跟在孩子們身後）

昌熙　（大聲）趕快過來喔！今天有松坂肉、後頸肉，今天是豬
　　　肉響宴！！

　　　一個小孩開玩笑地大叫：「天哪，是豬肉！」

　　　斗煥跟在笑得燦爛的孩子們後面，

　　　三姊弟在公車站看著斗煥。

　　　（三姊弟的手上全是禮物與行李）

24　家・外觀（白天）

25　家・客廳與廚房（白天）

　　　海帶已經泡好，大份量的冬粉也放在一旁，廚房裡全是豐盛的
　　　備料。美貞正在整理帶來的東西（肉品在冰箱，食物則在餐

桌），昌熙把剪刀、夾子等烤肉用具放在大桌上。

琦貞在客廳，把衣服拿給濟浩與女子看（男女的登山服，有上衣、背心跟外套），女子吃著紅豆麵包。

女子　味道真的不一樣，天哪。

女子撕下一塊麵包想餵濟浩吃，濟浩用手接過。

琦貞　美貞早上去買的新鮮出爐的麵包。

女子　真的不一樣。

琦貞　（攤開衣服）如何？跟爸爸是情侶裝。

聽到情侶裝，女子笑開懷，濟浩則是撇過頭。

琦貞　試穿看看吧。

女子　真的？

琦貞　（替她穿上）你們可以穿去市場，也可以穿去爬山。（穿好後）嗯，這個顏色很適合阿姨。

女子　（朝濟浩問）怎麼樣？

濟浩　（難為情）

女子　明明是你爸生日，我卻享福。（使眼色）真是讓你破費了。

琦貞　一點也不會，這是我們一起買的。

昌熙　（在廚房忙碌）姊姊出最多錢。

女子　（不忍心）

琦貞　因為我賺最多。

看到昌熙從冰箱拿出泡菜箱，女子趕緊出聲：

女子　那個泡菜不好吃，別吃那個。（急忙起身）我有準備更好
　　　吃的泡菜。

一言不發坐在客廳的濟浩看著琦貞整理衣服，終於開口：

濟浩　……這麼冷的天怎麼把頭髮剪了？

琦貞　……我嫌洗頭麻煩就剪掉了，剪短之後好輕鬆。（整理衣
　　　服，起身）

濟浩　……（在意）

美貞　（將藥放到濟浩面前）這是爸爸你的膝蓋藥，早上要吃兩
　　　顆。

濟浩看著藥罐，但心思不在這上面，
女子在廚房輕拍昌熙的背。

昌熙　？

女子　辛苦你了……

昌熙　（明白這句話的意思，有些難為情）

女子　竟然把那些債都還清了，真厲害……

昌熙　這沒什麼……（尷尬地繼續準備食材）

26　咖啡廳前（晚上）

#村莊內的冬天景緻。
#昌熙、斗煥、政勳坐在柴火邊，
已經吃飽喝足，食物的空盤擺在桌上。

昌熙　之後我也能請你們吃生牛肉了，現在如果能賺二百八十萬韓幣，這二百八十萬韓幣就都是我的。當我減少開銷之後，無論怎麼花也花不完，隨心所欲吃自己想吃的……存款餘額也一樣有錢。原來二百八十萬這麼可觀。

斗煥　當人進行嚴格的飲食控制，吃到一顆杏仁的時候，會驚覺原來杏仁那麼美味……大概就是這種感覺吧。（哈哈哈）

昌熙　我真的很怕她跟我爸離婚，因此咬緊牙根拚命還錢，一嫁進來就看到老公的子女在賺錢還債的話，心情會有多複雜，說不定會認為自己選錯老公了……雖然禁止開發，但至少是名下有土地的男人，她應該認為很可靠。如果我爸被離婚，那真的別無他法，只能將他帶來跟我們住了。我啊……自從我媽離開之後，跟我爸在這裡相依為命，每天面對面吃三餐，突然想到如果不做點事，那麼我們就會維持這種生活老去……我感到未來一片黯

淡，所以馬上振作，必須讓我爸娶個老婆才行，只要一有相親機會我就帶他去皮膚科，全臉去角質……再做拉提……

政勳 真不敢相信叔叔竟然會答應跟你去皮膚科……

昌熙 他不想跟我住的話只能聽話啊，我費盡心思才讓他娶到老婆，怎麼可以又讓他離婚？所以我沒有怨言，埋頭苦幹。真的是花錢容易賺錢難，我存了十年的錢幾個月就花完了……

斗煥 所以說不要存錢，要揮霍才是。

昌熙 我還以為自己真的走運了……我決定在全國兩千家便利商店設置烤地瓜機……唉……甚至還自我讚嘆廉昌熙的人生原來也能走上坦途……但我這個傢伙竟然放棄……哇……真是太帥了，我放棄在便利商店鋪貨，在那年冬天賣出三百台機器，還有一千七百台在倉庫。

政勳 怎麼跟你上次說的不一樣？你上次不是說因為無法去店面做測試，所以被淘汰了？

昌熙 我能去，但是沒去。我都把機器搬上車、準備去測試了，而且測試也只是形式而已，他們會錄取第一順位……

政勳 那為什麼不去？東山再起的機會都在眼前了。

昌熙 ……（想說，但支支吾吾）

政勳 這傢伙不曾這樣耶？竟然吊人胃口？為什麼不講？

昌熙 ……我不是什麼都講的嗎？但這件事我不會說，我的穩重會表現在這件事情上，只有我記得……我的帥氣。

兩人　（受不了）

昌熙　如果我講出口，這份穩重就會破滅……我不想說，我要把它當作一輩子的祕密。

政勳　可惡，別擔心，給你忍一分鐘的時間。（心想昌熙一定憋不住，看著昌熙）

昌熙想講，嘴唇開闔，眼神左右來回，想藉酒一併把話吞進去，可是內心想說。

斗煥與政勳如同刑警等待嫌犯自白般的盯著昌熙，一邊吃地瓜。

政勳　怎麼回事，竟然超過一分鐘了……

昌熙　（還是閉口不談）

斗煥　（躊躇之下起身，搔癢昌熙）只要搔他癢……他就會講了……

昌熙　（忍住，深呼吸，進入平靜狀態後）當這些話已經湧上喉嚨，想要爆發，卻能一次忍住的時候，就是成為大人的時刻。「我竟然忍住了……」每當這時我就會愛上自己，啊，我又愛上自己了。

政勳　這傢伙怎麼變得這麼討人厭。

天空開始下雪，

昌熙抬頭仰望天空，滿意自己也滿意今天的夜空。

昌熙　真棒⋯⋯（仰望天空）

27　具先生的店前（晚上）

具先生走出店外，抬頭望向天空，

盯著一陣子後——

具先生　今天我連一秒的開心都還沒收集到，結果就在最後找到
　　　　了呢。

另一邊，杉植打開後車門。

具先生　⋯⋯我自己走回去。（離去）

杉植　　上車吧，這樣會感冒。

具先生　（笑，轉頭）小子，我不會感冒。

具先生慢慢走回去。

28　家・客廳與廚房（晚上）

#窗外降雪。

美貞在房裡，從雜物堆疊的大箱子裡拿出泛黃的牛皮紙袋，裡

211

面是各式各樣的筆記本，大約有五、六本，是她從國高中時期開始寫的日記，封面標有年份與名字「廉美貞」。翻開筆記本，裡面是每天的日記，能看見小時候的筆跡，最後一本則是「我的出走日記」。

美貞打開。

#琦貞與女人坐在客廳，膝蓋上放著毛毯，欣賞窗外的雪景，氣氛恬靜。

女子　每當我跟你爸坐在這裡看雪的時候，腦中就會不禁浮現……「沒想到能過上這種日子……」

女子的這一生也是顛沛流離，
濟浩在房裡，面無表情地看電視，
琦貞心想這兩人的命運相當雷同，
想到自己有一天也會說這種話，就不禁眼眶泛紅。

29　教堂前（隔天，白天）

彌撒結束，人們從教堂走出來。
泰勳、熙善、景善、宥林走出來，泰勳與認識的人親切地打招呼，隨後馬上板起臉走到停車場。

30　教堂・停車場（白天）

熙善坐在泰勳旁邊，景善與宥林在後座，泰勳操作導航。

景善　廉琦貞現在都不來教堂了？

泰勳　（不想與她對話……）

景善　她最近也不來店裡，你們分手了？

熙／宥　！（真的分手了？）

泰勳　（忍住不悅）她回山浦，叔叔生日。

景善　（面無表情）看她下週又要拿什麼當藉口……

泰勳忍住怒氣，開車駛離，一旁的熙善感覺得到泰勳的怒氣。

31　餐廳2（白天）

一家人悶不吭聲地吃飯，

宥林接起電話走出去，熙善靜靜地吃。

熙善　如果真的沒辦法，我會帶著她（景善）銷聲匿跡的，你
　　　別擔心。

景善眼睛瞪大……但也只是繼續吃飯。

32　餐廳2附近（白天）

吃完飯走回車上，
景善像個受氣包，委屈地走在後方，
然後停在賣雞蛋糕的車子前面。

景善　有雞蛋糕耶？
泰勳　（毫不理會）
景善　不買嗎？
熙善　（轉身）不是說了琦貞不在！

景善嘟囔，趕緊跟上。

33　家・客廳與廚房（白天）

五名家族成員圍在桌邊慶祝濟浩生日，
吹完蠟燭的蛋糕放在一旁，
大家靜靜地吃著。

女子　（朝一旁的美貞說）多吃一點。

美貞　（難為情）好。

女子　不知道死前有沒有機會看到美貞閒話家常的樣子。

美貞　（嘴巴有食物）我的話很多。

女子　（訝異）跟誰啊？

美貞　（默默吃飯）

女子　對了，還有醃蘿蔔。（急忙起身）

琦貞　不用了啦，吃的已經很多了。

女子　那個醃蘿蔔很好吃，等一下我包給你們帶回去。

　　　女子拿著碗走出門外，

　　　四人留在屋裡，有些尷尬，

　　　安靜了一陣子後——

濟浩　如果覺得自己一個人比較好過，就自己過……你們可以
　　　如此。

　　　琦貞被說中，心頭一沉，

　　　眾人沉默。

昌熙　這應該不是結兩次婚的人可以講的話喔？

濟浩　……就是因為結了兩次婚才能這樣說。

濟浩忍住淚水，眼眶濕潤，哽咽地說：

濟浩 爸爸……沒有能力，（所以才無法自己生活）你們……
      比爸爸好。

濟浩隱忍淚水，美貞早已開始掉淚，但仍吃飯，最後只好抽衛
生紙擤鼻涕，大家都忍住淚水，鏡頭特寫四人。

34 山浦·山（白天）

半山腰，傳來鳥鳴。
昌熙站在埋著慧淑人工關節的樹下，眺望風景，
斗煥拿鑿子挖土（挖掘馬鈴薯或葛根），
昌熙賞景，突然講起電影……

昌熙 有一部電影叫《刺激一九九八》，我高中時看的，講述三
      個男人在旅行時相遇的故事。他們認識後玩了幾天就分
      開，其中兩人回到原本的國家，另一個人留在當地。幾
      年後，一名律師找上這兩人，說當時他們三人在那裡吸
      食大麻，那人因為持有大麻被捕，且持有的數量足以判
      處死刑，如果他們兩人願意作證自己當時有吸大麻，就
      可以將刑罰減為三分之一，那個人就可以免於死刑，只
      是三個人必須一起在那個國家被關兩年。

斗煥　（專注挖地）我才不去……

昌熙看著斗煥，心想這傢伙真是好人。

昌熙　其中一個假好心的人，認為至少可以救那人一命……但去到當地，看到監獄破舊的樣子後馬上就逃跑了。然而，另外那個不想去的人一看到監獄的環境……卻動搖了，認為是不是應該留下來陪那人，但是那個假好心的傢伙逃跑，被關的人無法避免死刑，只剩下原本不想去的人白白替他作證，一起入監服刑。聽起來很荒謬吧？在執行死刑的那天，那人在刑場上不斷發抖，被關在窄小監牢裡的人透過窗戶說……（忍住淚，難以開口）（模仿高喊）「我在這裡，你看著我的眼睛，我在這裡！」（哽咽）我怎麼哭了……（平復心情）那十分鐘，就算只是短短的五分鐘，我也願意為了那五分鐘被關進監牢兩年，明明就連朋友也稱不上，毫無交情。

靜默……唯有鳥鳴……
感覺沒有在專心聽的斗煥，這時拿著手機起身。

斗煥　你這傢伙，高中的時候竟然看限制級電影？
昌熙　……

畫面跳轉，昌熙與斗煥下山，

217

昌熙結束通話。

昌熙	要回去了。（掛斷）要我們趕快回去，該回首爾了。（加快腳步）
斗煥	（一起加快）什麼時候再回來……
昌熙	……

鏡頭特寫昌熙下山的背影。

35　公寓前＋大型便利商店（白天）－回想

二〇二〇年九、十月左右，
落葉紛飛，昌熙將兩箱烤地瓜的機器放進貨車，箱子上寫著「烤地瓜機器」。他將機器整齊地放好，然後接起電話，關上車門。

| 昌熙 | 喂？ |

#敏奎下車，進入大型便利商店。

| 敏奎 | 你知道今天要進行測試的店面位子吧？ |

昌熙　知道，我現在要出發了。

敏奎　你怎麼那麼早出發？十一點才開始耶。

昌熙　我要先去準備，而且要先去一個地方，等會兒見。

昌熙掛斷電話，坐上駕駛座，開車離開。

36　醫院‧走廊（白天）－回想

昌熙一如往常地走過走廊。

37　醫院‧病房（白天）－回想

#打開病房門，感覺奇怪，一股奇異的味道飄來，昌熙摀住鼻子，打開門與窗，然後望向床上的赫修，赫修嘴巴張開，臉色黯沉，眉頭緊皺。

昌熙　哥。

不祥的預感，昌熙掀開棉被，望向赫修的下半身。

38　醫院・走廊與病房（白天）－回想

#走廊，護理師急忙地奔走。

#病房，護理師確認赫修的脈搏，

兩位看護處理赫修的排泄物，窗簾被拉上，

昌熙來回踱步，不停地打電話，深呼吸，

放下手機，螢幕顯示「賢雅」，

昌熙傳送訊息：「赫修哥剩不到幾小時了，快點來，快
點！！」

#走廊，昌熙快步走向櫃台。

#櫃台的護理師掛斷電話，朝昌熙說：

護理師　（焦急）聯絡不上監護人，病人大概只剩下幾小時（撐不
　　　　過幾個小時）……

昌熙　　他母親沒有其他電話嗎？

護理師　（看資料）沒有。

昌熙　　（為難，別無他法）請給我他母親的電話……我試試看。

昌熙看著文件，在手機裡輸入電話號碼。

#病房，昌熙撥打電話，唯有電話鈴聲一直響，

昌熙掛斷後馬上有電話打來，表情焦慮。

昌熙　　（接起）喂？

39　病房＋大型便利商店（白天）－回想

敏奎　（小聲）你在哪裡？不是說出發了？總公司的人都來了。

兩位穿著西裝、配戴名牌的男子拿著咖啡，東張西望。

昌熙　（受不了）我先掛電話，知道了，先這樣。

40　醫院‧病房（白天）－回想

再次點擊「賢雅」，撥打電話，一直未接，
護理師與看護將排泄物拿出病房，
昌熙焦慮地深呼吸……然後慢慢平復心情，
緩緩地放下手機，轉頭看著赫修，
赫修的眼睛微睜，眼球轉動，感覺已經盡力，昌熙平靜地看
著，拉張椅子坐到赫修身邊。

昌熙　哥，對不起，我讓你這麼不安。哥，我陪在你身邊，我
在這裡。這彷彿就是我的命運，我的爺爺、奶奶、媽
媽……都是由我送他們離開的。很神奇吧？很多人到了
我這個年紀也從未看過他人臨終的樣子，但好像是我的
命運，成為替他們送行的人，我很慶幸能陪在他們身
邊。（臉上帶笑，但流淚）沒想到今天又這麼鬼使神差地

替你送行。哥⋯⋯我送了三個人離開，所以知道⋯⋯離
去的時候⋯⋯其實很平靜，從他們的表情看得出來⋯⋯
（呢喃）所以，哥⋯⋯不要怕，安心地走吧，放下一切。
（握住赫修的手）我在這裡⋯⋯

不久後，赫修的表情真的轉為平靜，
昌熙看著赫修，鏡頭特寫兩人。

41　　大型便利商店（白天）－回想

敏奎不停地撥打電話，「您撥的電話未開機⋯⋯」
眉頭深鎖地放下手機。

42　　大型便利商店前（白天）－回想

總公司的員工一臉不滿地離開門市，坐上車，
敏奎在門市內看著總公司的人，滿臉無奈。

43　　醫院・停車場（白天）－回想

載著烤地瓜機器的小貨車車尾，

落葉飄下，

小貨車看起來非常孤寂。

44　江北・都市（白天）

昌熙站在街邊，冷靜地望向遠方，

路邊有布條寫著「二〇二二年二月十八日開幕」，時間回到現

在。

不久後，賢雅從一棟大建築物走出來，

昌熙看到賢雅，隨後一同走著，有些尷尬地對話。

昌熙　對方怎麼說？

賢雅　他們說明天可以上班。

昌熙　（停頓）你不是說鹽院洞那裡也不錯？時薪也高。

賢雅　那裡會繼續做，這裡只做週末，我也有在想要不要待在

　　　江北。

昌熙　別把自己逼得那麼緊，有人緊追著你不放嗎？

賢雅　……我必須把自己的電池消耗到零，才能覺得自己活

　　　著，如果留有一點點我都覺得沉重……雖然沒有多成

　　　功，也沒有實現什麼夢想，但我還是會盡力去做……（抱

　　　持這樣的心態）

昌熙　……就像腹瀉後全身無力那樣嗎？

賢雅　……

昌熙	好久沒有拉肚子了，真想拉一下。
賢雅	喝冰拿鐵啊……要不要買給你？
昌熙	可以回家喝，不要在外面喝。
賢雅	……你的氣色比想像中好。
昌熙	又沒有壞事。
賢雅	……
昌熙	天氣變溫暖了，春天要來了。
賢雅	對啊，春天會到來，夏天也是……冬天也是。

兩人走到地鐵站前。

昌熙	（停下）再見。
賢雅	（離開）再見。（快步）週末下班後我會去便利商店。
昌熙	……！（盯著然後轉身）

45　　車站附近（白天）

昌熙在等紅綠燈，聽到附近的聲響。

| 女子 | （E，冷靜）來信主吧，末日快來了，悔改吧，天國近了，珍惜歲月，時機日漸惡劣。 |
| 男子 | （E，喝斥）韓國因為不談戀愛的人、不結婚的人、不生子的人要消失了，我們要對這些不戀愛、不結婚、不生 |

子的人進行嚴厲的制裁！

兩道聲音反覆吆喝，昌熙像是沒聽到，也或許是故意沒聽見。

綠燈時，昌熙往前走，後方傳來「滅共」、「十字架」等字眼……以及旗幟揮舞的聲響。

46　餐廳2外觀（晚上）

隔著玻璃窗，琦貞與泰勳對坐，氣氛沉重。

47　餐廳2（晚上）

泰勳　我後悔了，我後悔在出走同好會裡講說自己想擺脫懦弱的形象，我好像碰到了自己的逆麟，我應該要無視這件事一輩子才對，而且……你當時聽到我這樣說，因為憐憫而喜歡上我，所以無論什麼情況都不會離開我……

琦貞　（想哭，語氣像是頂嘴）對，我無法離開你，也不願意。不能因為憐憫而喜歡你嗎？人的感情……必須要分成這是愛、這是憐憫、這是尊敬……這麼壁壘分明嗎？我不是這樣的人，我……是整個混在一起的人，我尊敬你，也愛你、憐憫你，全部。

泰勳　……那為什麼把頭髮剪了？

琦貞　我不能剪頭髮嗎？我連自己的頭髮都不能剪？

賭氣之後，琦貞有感而發地說：

琦貞　我不知道為什麼會變成這樣，我原先想成為支持你的力量，想要成為那樣的存在，結果好像多了一個會讓你疲勞的女人……老實說我不知道問題出在哪裡，你有做錯什麼嗎？我又為什麼這麼委屈？我左思右想都不知道要怎麼形容，感覺……像是……輸了。我覺得只因為孩子的眼神就感到自我否認的自己很丟臉，曹景善的說話方式也不是一、兩天的事情，從高中時期就愛亂講話的人，我為什麼現在才感到受傷，是因為愛著曹泰勳嗎？那我為什麼會覺得自己好渺小？愛人不是會產生力量嗎？那分手之後我會幸福嗎？可是……只要想到分手……我就覺得手臂發麻……腋下……感覺都在觸電……（不停揉捏腋下與手臂）

泰勳　……

琦貞　我明白不可能分手，那就要繼續下去，可是這該怎麼繼續下去？

泰勳　……

琦貞　……

泰勳　我知道這聽起來很像在反駁，所以一直沒說，但我現在該說了。奇怪的是，我只要看到孩子蹣跚學步的背影……就很難受，他在三十年後會背負怎樣的重擔呢？他需要背負怎樣的眼光活下去呢？

琦貞　……（心知肚明，更加難受）

泰勳　我可以撐住，但那個孩子呢？我不希望任何一個孩子承
　　　受這樣的苦難，我當然很慶幸宥林的出現，我無法想像
　　　生命裡沒有宥林……但我有慶幸自己誕生在這個世界上
　　　嗎？冷靜想想……沒有。（苦笑）

琦貞　……（完全理解，因此更想落淚）

泰勳　所以當你說自己沒有懷孕的時候……我才會突然說出太
　　　好了。

琦貞　……

泰勳　以上就是曹泰勳的辯解。

　　　兩人陷入沉默。

琦貞　……（擦眼淚）既然我們都出生了，就要活下來……那
　　　麼該怎麼做呢？

泰勳　……

琦貞　我來當男人吧，你要面對四個女人太累了，從今天開始
　　　我就是個男人了，所以才剪頭髮啊。

泰勳　（忍不住笑出來）

　　　兩人破涕為笑。
　　　鏡頭從窗戶拍攝兩人。

48 汝矣島・街景（隔天，白天）

午餐時間，美貞與兩名男同事走在一起。

美貞　　你們先回去吧，我去領錢。

美貞走進ATM室。

49 ATM室（白天）

美貞排隊，然後望向某處。

美貞　　！

隔壁、隔壁的隊伍裡，燦赫站在那裡，
由於他在美貞的斜前方，看不到美貞，美貞猶豫該不該離開，
然後男子轉身講電話，公事包不小心碰到前方女性的臀部，女
子稍微瞪了一眼，但是男子的公事包又再度觸碰，這次是以緩
慢的速度觸碰……最後女子整個人轉過來瞪他。

美貞　　！

男子結束通話後，看見女子瞪著他，不明所以。美貞不知所措
地看著兩人，最後她選擇告訴女子。

美貞　　不是他，是公事包碰到的。

女子看到男子的公事包，馬上不好意思地承認自己誤會了，
男子這才明白發生了什麼事，並將公事包往後揹，
然後發現美貞的存在，但是沒有回頭看，
兩人陷入尷尬。
畫面跳轉，男子辦完事準備離開，
沒有看美貞，
美貞也沒有看他。

50　ATM室前（白天）

美貞領完錢，男子站在外頭。

美貞　　！
燦赫　　（有點難以啟齒）你在這附近上班？
美貞　　（尷尬）嗯，H卡片公司。
燦赫　　……
美貞　　前輩也在這裡上班？

| 燦赫 | 我在MC商場。 |

兩人沉默，氣氛凝重。

燦赫	明天我會匯一百萬過去。
美貞	……
燦赫	剩下的請你再等一下。
美貞	……
燦赫	抱歉，一直拖延。
美貞	沒關係，我先走了，現在是午餐時間。
燦赫	再見。

美貞離開，燦赫無法輕易離開……看著逐漸走遠的美貞，
美貞絲毫沒有畏縮的背影……
長久以來的結解開的瞬間……
美貞走遠後，燦赫也緩步離去。

51　車站附近（晚上）

汽車的引擎車、人們吵雜的聲音，喝醉的具先生站在人群間，
有點重心不穩，盯著地鐵站的出口看，無心地望向對面，就看
到美貞走出地鐵站。具先生趕緊追上，美貞感覺要去別地方。

具先生　廉美貞！！

美貞　　（沒聽見）

具先生　廉美貞！！

美貞聽見聲音後轉過頭，

具先生揮手，美貞這才發現具先生，臉上露出開心的笑容，

具先生指著斑馬線，要美貞過來。

#紅綠燈前，美貞過馬路，

具先生走在前方。

具先生　你要去哪裡？

美貞　　去買酒。

具先生　這個方向也有便利商店。

兩人快步走著。

美貞　　我喜歡你每次大叫「廉美貞！！」的時候。

具先生　……

52　具先生公寓附近（晚上）

塑膠袋的聲響與酒瓶碰撞的聲音，

231

兩人嘻嘻笑笑，輕快走著。

美貞　（開心）我回家的時候找出了小時候的日記，太讓我訝異了，我記憶裡的自己跟日記裡的自己相差好多。原本我以為我是個不知變通、不會跟任何人親近的小孩，結果日記裡的我好喜歡大家，我喜歡哪個同學的某件事、誰誰誰因為怎樣讓我很開心等等，沒想到我是那麼熱情的小孩。

具先生　你不知道自己很熱情嗎？

美貞　……（微笑）

具先生　……（微笑）

具先生　（走路踉蹌）

美貞　（扶著）你怎麼喝那麼多？

具先生　……心情好。

　　　　月亮在大廈間高掛於夜空……
　　　　具先生吃力地抬頭望向月亮……

具先生　有時候……偶爾……我在不喝酒的情況下大腦也有安靜的時刻，感覺……一切都靜止了……（停頓一陣子，然後再調皮地說）於是我又獨自灌了烈酒。（往前走）我討厭自在、開心的感覺，所以會刻意喝酒來破壞那個氣氛，當覺得人生過得還不錯時，我就會喝酒，給自己一

擊，「我不幸福！我一點也不幸福！我很不幸！所以請再多給我一點處罰，一點點就好，早上起床坐起身真的很痛苦，沒辦法轉身走五步回去拿傘，所以就淋著雨，我只是因為走不了回家的五步路（笑），就淋得全身濕透⋯⋯我感到疲憊不堪，我已經受到很多譴責，所以⋯⋯」

美貞笑著看具先生以自嘲的語氣講出悲傷的事，
具先生望向美貞，也跟著笑了起來。

美貞　　你怎麼這麼可愛⋯⋯

具先生很開心聽到這句話，停下腳步，
眼角有些濕潤。

美貞　　（回頭）早上那些人出現時，像這樣笑著吧，笑著迎接他們。

美貞繼續往前走，
具先生看著美貞一陣子後說：「廉美貞！！」
然後快步跑上前，像是要抓住她，接著從後方抱住，兩人的笑聲迴盪在空中。

53 公寓・客廳與廚房（晚上）

琦貞清洗碗盤，外面傳來聲響。

泰勳 （E，由於夜已深，所以壓低音量）琦貞⋯⋯

琦貞關掉水龍頭，仔細聽。

泰勳 （E）琦貞⋯⋯

真的是他！琦貞趕快跑到陽台。

54 公寓・陽台窗戶（晚上）

琦貞打開窗戶，泰勳帶著醉意，開心地遞上紙袋。（裝著雞蛋糕）

琦貞 （收下）你怎麼又買來了，家裡還有啊。
泰勳 來的時候突然想到。

但紙袋裡還有一株植物。

琦貞 這是什麼？

泰勳　因為每次……都只給你雞蛋糕……我走了。（揮手離開）

琦貞拿出植物，只見枝幹。

琦貞　（盯著，大聲說）這是什麼——？

55　公寓前（晚上）

琦貞拿著枝幹跑出來。

琦貞　這是什麼啊——？
泰勳　（邊走邊回頭）是我的心意——！

泰勳開心地揮著手，搖搖晃晃地走回去，
琦貞困惑地看著樹枝，
當她轉身，看到泰勳剛才站的地方掉落一朵玫瑰花花苞，她撿
起來……明白原來是一枝玫瑰花，
樹枝上沒有葉子，因此她沒想到是玫瑰花。

56　公寓·客廳與廚房（晚上）

琦貞在白色的醬油碟子裡加滿水，將玫瑰花苞放進去。

琦貞　（E）收到花的女子，廉琦貞收到一朵斷掉的玫瑰花，將其放在裝水的醬油碟裡，想插在花瓶裡但因為已經折斷，只好放在醬油碟。如果我們的愛是能優雅地在花瓶裡盛開的玫瑰花該有多好？癱軟地躺在醬油碟內的玫瑰花，宛如你……也宛如我……如果不盯著它看，彷彿一下子就會枯萎，無法轉移視線……我就是這樣的女人。

一旁的紙袋裡裝著雞蛋糕。

琦貞　（E）只因為我說過喜歡雞蛋糕，一到冬天，那個男人每三天就會買雞蛋糕送我，如果我說喜歡吃牛肉該怎麼辦？真慶幸當初我只說出雞蛋糕，而總是買雞蛋糕的你……我愛你。

琦貞充滿感動地看著玫瑰花。

57　行駛中的公車（晚上）

泰勳坐在行駛中的公車裡，帶著微笑望向窗外。
手機收到訊息，是琦貞傳來的：「泰勳，外套的鈕釦扣錯了喔！」。
他用一隻手吃力地解開，由於喝醉手沒有力氣，即使如此還是露出微笑，然後又慢慢扣回去，不過仍然扣錯。

58　昌熙便利商店前（隔天，白天）

昌熙　（E）我走了，辛苦囉。

　　　昌熙走出便利商店，揹上背包。

59　終身教育院（白天）

60　終身教育院・大廳（白天）

　　　昌熙站在告示牌前，海報以鄭歎的畫作背景，標題寫著「從朝
　　　鮮時代的畫作看首爾」，昌熙確認上課地點在三〇二號教室。
　　　手機的震動響起，昌熙拿起來，
　　　邊看手機邊走上階梯，許多人緊接著上樓。

61　終身教育院・走廊（白天）

　　　昌熙看著手機，不時抬頭瞄教室，
　　　身邊有人說：「是這裡嗎？」「在這間。」一行人走在昌熙前
　　　面。

昌熙分心使用手機，跟著他們，就這樣走過三〇二號教室。

（外頭貼有海報）

62　終身教育院・教室（白天）

教室裡有二十名左右的學員（三十多歲），昌熙坐下，仍在使用手機。這時老師進教室，向大家問好：「各位好。」學員也問候：「老師好。」

昌熙趕緊收起手機，專心聽講，

老師以相當溫暖的視線，認真地看過每一位學生，也與昌熙四目相交，

昌熙不明所以，有些尷尬。

講師　歡迎即將成為禮儀師的各位學員。

昌熙　！！

講師　大家好，我是＊＊＊。

昌熙拿出抽屜裡的課本，發現是禮儀師的相關講義，這才發現走錯教室。他想收拾包包離開，但是……他停下動作，然後輕嘆一口氣，沒想到會這樣跌跌撞撞走進這間教室，覺得神奇又有趣，決定留下來。

63　蒙太奇（白天）

#向旻的辦公室，向旻似乎在盯著某物看，
閱讀完後闔上，封面寫著「我的出走日記，朴向旻」。
停頓片刻，透過手機打字。

向旻　（E）我們重新開始出走同好會吧，直到成功解放為止。

#泰勳，辦公桌前，看著手機露出微笑。
#卡片發行部，美貞也看著訊息，
香琪很快就發送：「好啊！」
泰勳也發送訊息：「沒問題！」
美貞也回覆：「好的！」

64　具先生行駛中的車內（白天）

車內播放Fevers的歌曲〈永恆不變〉，
杉植打著節拍，具先生露出無奈的笑，
副駕駛座的小弟將包包放在膝蓋上。

具先生　玉子啊。
杉植　是。
具先生　你才幾歲怎麼聽這種老歌？

杉植　⋯⋯因為我是玉子。

具先生　（受不了⋯⋯）

65　　賢振的店（晚上）

　　#音樂大聲作響，具先生輕快地走下樓梯，小弟跟在後面。

　　#具先生穿過大廳來到走廊，看到辦公室門口有人不懷好意地盯著他，一旁還有未曾見過的幾名保鏢，氣氛緊張，眾人狠狠地瞪著具先生，具先生馬上察覺情勢不對，但仍不動聲色地走往辦公室。

　　具先生往辦公室一看。

　　#一名看起來像是老大的人收拾著桌上的錢，（一綑五萬韓元，共有五千萬韓元左右）兩側還有保鏢。

具先生　誰敢動我的錢？

　　那名老大聞聲，停下動作，

　　賢振被揍了一頓，在一旁不敢輕舉妄動。

具先生　（伸手）放下，放下我的錢。

老大　　（毫不在意）這間店的店長欠了我一億六千萬韓元，我只不過收了五千萬而已，難道剩下的一億要放水流嗎？

小弟們在具先生面前拉上背包的拉鍊，

表示收下這筆錢了。

#杉植剛才因為尿急先去洗手間，但在洗手間門前感受到不尋常的氣氛，走出來望向辦公室，果然看到未曾看過的保鏢。保鏢們看到具先生站在門邊的小弟手上拿著包包，小弟想要離開，避免錢被搶走，但對方已經盯上他，擋住了他的去路。杉植轉身走向辦公室，另一名保鏢又擋住杉植的路……杉植快速從保鏢身下鑽出……

保鏢　大哥您先離開，這裡交給我們就好，順利的話今天就可以把錢收完。（眼睛盯著具先生小弟手上的包包）

具先生　（乾笑）你們講話的方式是在哪裡一起學的嗎？怎麼這麼像，「我沒讀多少書，學歷不高……」

老大　……！

具先生　（沒有回頭）宇彬！！

杉植　（是在……叫我？）

具先生　金宇彬！

杉植　是的！！（開心具先生終於叫對名字）

具先生　把門關起來，今天不營業。

杉植　（朝大廳吶喊）門關上！今天不營業！

語畢，眾人開始打架，

小弟將裝錢的包包丟進櫃子，開始打架，杉植與鄭旭和其他員工也加入打鬥，

小弟們動作迅速，

杉植果然是具先生的貼身保鏢，身手矯捷，

鄭旭戴著棒球帽，打到一半時棒球帽掉落，露出頭上的繃帶，

就在具先生與辦公室內的人打架時，

小弟、杉植、鄭旭在走廊上與其他的人打架，

賢振在角落不停觀望該怎麼脫逃。

具先生站穩腳步，面對衝向他的傢伙，如果被攻擊，就會按住受傷處，然後深吸一口氣，挺起身子繼續打……具先生打倒了兩名保鏢，擊敗老大，他用受傷的手拿起包包，搖搖晃晃地撿起地上的紙張，那是單日營業額的資料，具先生將其塞進包包……走向走廊。

走廊上，櫃子裡的包包已經不見蹤影，小弟抱著它，所有人皆倒下，只剩下小弟與一名保鏢還在對打，

小弟死守包包，保鏢不停地毆打他，

具先生憤怒地衝向保鏢，發狂似地揍，

保鏢倒下，具先生癱坐在地，查看全身是傷的小弟說：「喂，小子。」

這時，賢振畏畏縮縮地走出辦公室，感覺在確認具先生的死活，然後瞬間搶走裝錢的包包。

具先生一驚，趕緊拿起四周的物品（破碎的酒瓶、木製品）就往賢振的方向丟，

賢振被打到，但還是很快起身，帶著包包逃跑。

#賢振的店前，賢振倉皇逃跑。

#走廊上體力不支的具先生。

66　具先生公寓（隔天，白天）

陽光自窗簾的縫隙中灑下，感覺是黑暗與光明的兩個世界，具先生沒有脫去外套，臉部與手滿是前一晚的傷口。他靜靜坐在原地，似乎在腦海裡與人對抗，眼神充滿怒氣，不眨眼，像座雕像，然後艱難地深呼吸，拿起手機，猶豫片刻後按下「賢振哥」。他不斷深呼吸，賢振沒有接電話，電話轉接至語音信箱。

具先生　現在早上會來腦海裡找我的人，也有你了，從一大清早就罵我的人，也有你了。哥，我會歡迎你的，我會好好地迎接你，所以活著見面吧。（掛斷）

音樂響起，具先生坐著，艱難地脫下厚重的外套，換上輕便的衣服，穿上襪子⋯⋯這些動作很吃力，他咬緊牙關，來到衣櫃前，挪開擋住衣櫃的酒瓶，打開衣櫃，從抽屜裡拿出現金（大約三億）放進包包，然後穿上輕便的飛行外套。

67　具先生公寓・走廊（白天）

具先生面無表情地走著，
走向電梯，電梯裡有一名小女孩（四、五歲左右）踮腳尖按開門鍵，並且望向具先生。當具先生一進入電梯，她隨即退到媽

243

媽身後，害羞地笑著，具先生沒有過多的反應。

具先生（E）七秒……（的好心情）

68　　具先生公寓前（白天）

具先生走出大樓，表情依舊未變。

69　　便利商店（白天）

具先生拿起迷你罐的酒，走向櫃台。

70　　街道一角＋汝矣島街道（白天）

#具先生從便利商店走出來，從口袋掏出酒，五百元韓幣的銅板跟著掉落在地，往水溝蓋滾去，他看著銅板，認為一定會掉進水溝。

#具先生看著水溝蓋，然而銅板竟然不偏不倚地停在邊緣，那巧秒躲過危機的銅板，宛如自己，具先生小心翼翼地拿起來。

#再次離開，具先生身後有一名街友。

不知道是否在睡覺，下一秒，那罐酒被放到街友面前。

#美貞與兩位男性同事開心地說笑。

美貞　　（E）我在出走日記裡寫了這段話，廉美貞的人生分成遇
　　　　見具先生之前與之後。

#具先生一步一步走著。

具先生　（E）……我也是。

#美貞表情雀躍。

美貞　　（E）我好奇怪……覺得自己好可愛。我的心裡只有愛，
　　　　所以感受到的也只有愛。

#美貞表情明亮，
以及雖然步伐依然沉重，但表情稍微開朗一些的具先生。

具先生　（E，語氣溫柔）一步步……艱難地……前進……

鏡頭特寫美貞與具先生。

—劇終—

演員訪談

「彷彿終於遇見夢想中的劇本。」

孫錫求

（飾　具先生）

這個角色在劇迷間掀起話題，你被譽為「比具先生還更像具先生」，據說金鉊潤導演在邀請你的時候曾說：「雖然很多戲劇可以分門別類，但也有獨具一格的戲劇。」請問你當初接下這齣劇的原因是什麼？

　　我第一次讀劇本時，心想終於遇到夢想中的電視劇，這個故事不是電視或電影裡常看到的劇，而是朴海英編劇用其特有的角度寫出了我們真實的日常生活。無論是京畿道居民的生活、家庭關係，以及對於死亡的疑問，編劇在《我的出走日記》裡深度探討這些主題，讓人感受到真誠的共鳴，另一方面我也好奇自己會如何詮釋這個角色。

具先生與平凡的廉氏一家人有著截然不同的人生，這個角色的職業、背景在前半部劇情裡是一團謎，台詞也不多，就只是白天工作、晚上喝酒。你做為具先生這個角色在哪一方面下了最多工夫呢？

我沒有進行特別的研究，只是思考了很久究竟是怎樣的人會與世界築起高牆，並且如此厭惡自己。

這齣戲裡有許多單靠眼神、動作與手勢來傳達情緒的細節，演出時有什麼特別困難的地方嗎？

我本身偏好沒有台詞的角色，所以不覺得困難，反而演得很開心，只有對於一件事感到好奇：「具先生對他人的話語不做反應，是因為他不願聽人家說話，還是有聽見但不在意？」我記得在朗讀劇本的時候曾詢問過編劇，她說是後者，具先生其實對周遭事物很敏感，大家說的話都聽在耳裡。

演出第十五、十六集時最讓我苦惱。隨著劇情推進，具先生的故事會逐漸明朗，因此我有些後悔是不是應該在前半段加重具先生的陰暗面，為此深陷煩惱，當時導演向我仔細說明了人物內心變化的過程。

與合作的演員間的默契如何？在劇中與金智媛演員（飾演廉美貞）和千虎珍演員（飾演廉濟浩）有最多對手戲，大家都對於濟浩與具先生能在沒有對話的情況下關注彼此的關係感到印象深刻。

千虎珍前輩在戲裡戲外幾乎沒有差別，不知道是否有意為之，但前輩散發出獨特的沉靜感，這樣的氛圍讓我很自在，不需要特別開話題，或許正因如此，才能自然地詮釋寡言的人之間獨特的相處方式。

智媛是個很體貼的人，經常讓我很感動，也是很符合「專業」一詞的演員。我從她身上學到很多，她理解電視劇的方式跟我很像，合作的過程很有趣。

印象最深刻的是哪一場戲？

廉家的母親過世，他們一家人到海邊旅行，昌熙跟父親對話的那場戲。昌熙說：「爸爸身邊還有我們三個，爸爸我愛您。」昌熙這番成熟的告白與千虎珍聽完後的表情讓我哭得很傷心。此外，我也很喜歡美貞那句名台詞：「崇拜我吧。」

金鈺潤導演曾在訪談中提到孫錫求演員「以演員的身分來說，改變了很多」，請問拍攝完這齣劇之後你改變了哪些地方呢？

拍完這齣劇後，我更能迎刃有餘地詮釋台詞與劇本裡的表演指示了。

我認為《我的出走日記》是一部能讓在韓國生活的每一個人獲得共感、得到撫慰的電視劇，也是我很懷念且深感榮幸能夠參與的一部作品。這齣劇讓我體驗了一趟美麗的旅程。即使過了一段時間，每當覺得自己很渺小時，我就會重溫這齣劇，從中得到撫慰與相信自己的力量。

謝謝各位劇迷喜愛這部對我來說富含意義的劇，謝謝大家。

孫錫求

編劇訪談

「我相信觀眾也像我一樣，喜愛生性羞澀又內向的人類。」

朴海英

自從《我的大叔》之後，朴海英編劇又孕育了另一部人生電視劇《我的出走日記》，在創作劇本的時候，是否帶有「我這次要寫出這種故事」般明確的目標呢？

在一開始的筆記本裡，我好像下定決心要寫一部很歡樂的作品，每次下筆總是用「搞笑」的方式，不斷告訴自己這次一定要讓人捧腹大笑！笑到嗓子都沙啞！雖然抱著這樣的決心，但寫著寫著卻越來越沉重……不管怎麼說，如果人物描寫得不夠深刻，很難推進長達十六集的戲劇。

從企劃到完稿大約花費了三至四年。沒有一件衣服是從縫製第一顆鈕釦到測量脖圍都能一次到位的，只能憑著感覺下筆，想像我想描繪怎樣的角色，爬過一座山後再克服另一座山……就這樣慢慢擬定雛形。

那時候，我的腦海裡有種田的年輕人、三姊弟，還有外地人。當我專心描繪這些人物時，便依序寫出了相關的故事，其實「出走」這個詞也並非一開始就選定，而是在描繪角色的途中才冒出來的關鍵字。

您在創作劇本的時候，每次都堅持要有幽默之處的理由是什麼，每次都失敗的理由又是什麼？

我想要寫出能讓人很想疼惜的角色，還有讓人著迷於可愛到不行的角色，這樣的角色不僅會受到觀眾喜愛，深為創作者的我也會很開心。

再者，電視劇需要兼具「快」與「核」，快節奏對於喜劇是必要的，但是如果致力於創作喜劇，會在某個時間點開始感到吃力。觀賞電視劇時，觀眾必須能毫不費力就融入角色，但以喜劇而言，似乎會變成一種強迫推銷。一部長達十六集的電視劇，如果人物描寫太過淺薄，會後繼無力。況且老實說，我還是更喜歡羞澀內向的人。

每天來回通勤首爾與京畿道的三姊弟故事非常真實，您在戲裡著重描繪了三姊弟艱辛的上班路途（貫穿整齣劇）。當時是因為什麼契機而想將京畿道這樣的地緣關係作為略遜一籌的平凡人物的代表呢？

這對我來說是很自然的事情，因為我在京畿道住了四十九年。

我朋友在看了《我的出走日記》後說，我真的把邊緣人的邊緣感透過物理的方式徹底展現出來，我認為這句簡短的話可以說明一切。

廉美貞與具先生，還有三姊弟的母親與父親在劇中都是沉默寡言的人，從劇本裡可以看到這些角色的表演指示比台詞還多，演員必須以行動及表情來傳達情緒，而非透過言語，這樣的設定似乎不容易詮釋，您認為呢？

他們並非完全沒有台詞，只有美貞跟具先生算是話少的角色，在主要的四名演員中顯得比較安靜，但琦貞跟昌熙兩人的台詞就很多，甚至讓人覺得是不是太多了。

從美貞與具先生的台詞量而言，確實如你所說，話少的人要帶領整齣劇的確有難度，戲劇需要有節奏地推進才能抓住觀眾的心，而掌握節奏最簡單的方式就是簡短有力的台詞，但他們不是花言巧語的角色……因此我選擇了用濃縮語意的方式來提高觀眾的專注力。再加上，我相信觀眾跟我一樣，會喜歡害羞內向的角色。

由於台詞量不大，角色的每句話都變得更加珍貴又有意義，讓人覺得這齣劇裡沒有多餘的台詞，每句台詞都宛如金句。其中您最喜歡哪些台詞呢？

賢雅有句台詞是：「不要像我一樣渴望愛情，讓你的愛意爆發出來吧！」我自己也想嘗試這種感覺，用愛爆發！

具先生有句台詞是：「喝醉的我，比清醒的我更有人情味。」這是我一位喜歡喝酒的朋友說的，讓我恍然大悟，

原來我們喝酒的理由之一是因為我們更愛喝醉時的自己。

我也喜歡當琦貞在公車上邊哭邊說：「呼，好久沒有哭得這麼痛快了。」她彷彿一下子就從悲傷裡走出來，所以我很喜歡。

我也喜歡美貞那句：「我要把孩子揹在身上，三歲的時候……七歲的時候……十九歲的時候……我想在這些時候坐在你旁邊，陪伴在你身邊……」感覺相當溫暖。

而昌熙的台詞是：「哥，我不是一元硬幣，我好像就是那座山，我好像該回去那座山。」看著昌熙坦然接受自己該走的路，讓人感到心疼。

一般來說，編劇會將自己不同的面向放入作品中的各個角色，並且放大這些特質用以形塑性格，那麼《我的出走日記》裡的哪一個角色投射了您的內心呢？

廉美貞、廉琦貞、廉昌熙、具先生……所有劇中人物都是我。我有時會像具先生那樣，討厭人類在我的面前晃來晃去，有時也會像他一樣毫無力氣，對所有事物都感到煩躁。我也像廉昌熙一樣觀察周圍，然後在緊繃的氣氛裡擔任潤滑油的角色，也像廉琦貞一樣看什麼事都不順眼，想要推翻一切。而當他人在我的生命中扮演這三個角色的話，我就會成為廉美貞，安靜地觀察、聆聽……我認為許

　　　　　　　　　　編劇訪談

多人也經常在這四個角色中來回扮演，只是比例的差異罷了。

第十五集裡，昌熙說「他要回去那座山」。觀眾對於這句台詞很好奇，也有各式各樣的解釋，您的想法是什麼？

如果可以的話，我想用具體且確切的字詞和畫面來解釋，但有些東西如果講得太明確就會喪失趣味。第十五集裡，昌熙說了這句台詞，由於之前的劇情已經提過山的意義，所以觀眾應該能理解山的寓意。但是在第十五集的結尾，昌熙說：「哥，我不是一元硬幣，我好像就是那座山，我好像該回去那座山。」關於這部分的解析眾說紛紜，如果解釋了感覺會剝奪觀眾解謎的樂趣，而且我也無法徹底解釋自己的感覺，但如果要稍微說明的話，這句台詞可以這樣解釋……

昌熙是個社會化相當高的角色，他盡力配合眾人的期待而活，和別人一樣去考大學、就業、談戀愛，反正他知道這條路的盡頭不會有幸福，而果真這條路走到最後也沒有得到幸福。他這一生所做的事情就是讓稱為廉昌熙的這個人稍微特別一點，他內心深處知道像他這樣的人就是屬於七十七億的其中之一，地球上七十七億的人也都像他這樣過活，所以他也照做了，只是換來一場空。

既、然、如、此！那就當那座山吧！我喜歡一句話叫「流水不爭頭」，能流動的水並非只是一、兩滴，昌熙想要以自己的身分繼續努力，探索真實的自己，尋找作為一名人類、一名男子的意義⋯⋯我認為那句台詞大概就是這樣的意思。

我跟金鈺潤導演有討論過這件事，我們都認為廉昌熙會得道升天，他是一個勤能補拙的人，所以不可能重新投胎還當人。（笑）

第十二集裡，賢雅曾說：「書上說一部好的電視劇的內容就是主角為了達成某件事而竭盡所能⋯⋯然後要以失敗告終才行。我看到這點就放棄了，跟人生一樣的戲有什麼好看？多無趣。」這句台詞讓人印象深刻，這句話是從何而來的呢？

這是一位後輩編劇貼在冰箱上的句子，「好的電視劇就是要讓主角竭盡所能，然後什麼都沒有達成」。大概是某本有名的編劇書這樣寫過。當時我正在寫這齣劇，劇中角色全都看似一事無成，我正苦惱該怎麼寫下去的時候，就看到了這句話，被點醒了。「對啊，如果突然一帆風順才是騙人的吧！」我筆下的角色都不是一步登天，而是寸步難行，抱著一次走半步的心態前進。

編劇訪談

具先生要求美貞當他的諮商師時，說了一句「就這樣到日落吧」，這句話帶有什麼含意呢？

日落就代表了結束。因為，他們倆打從一開始就並非是可以甜甜蜜蜜、白頭到老的關係，而他們也不期待擁有這樣的關係，但也不想馬上分開，所以具先生用這樣的形容來暗示兩人最後可以用這種方式結束關係。

編劇有想過「崇拜」一詞會蔚為話題嗎？

我沒有料到這會成為這麼熱門的話題，之前只想過因為崇拜是這齣劇的核心台詞，所以在播映前要將這句話藏好才行。

美貞與具先生對彼此產生崇拜的這段關係裡，有沒有什麼重要的話語或是行動？

美貞曾對具先生說過一句很重要的話，她說我不會要求你不喝酒。我從來沒看過有人因為他人勸酒就戒酒，要求每天酗酒的人不喝酒，就像是在告訴他「你做錯了」，將他定為罪人，並且告誡他要正當地生活，這樣對酒精中毒者真的有益處嗎？

美貞沒有想要改正具先生，因為戒酒與否並不重要，美貞的想法就如同「我們在這段關係中相互學習吧，我不知道自己為什麼總是付出的一方，而你又是如何遍體鱗傷，導致需要沉溺於酒精，但這一次我們一起好好學習吧，一步也好、半步也好，我們試著成長……」。我認為美貞這樣的想法濃縮成了這句台詞：「我不會叫你別喝酒。」

出走同好會的宗旨跟附註是怎麼訂定的？

我看過一句話這樣說：迴避現實是一切痛苦的根源，所以我才把「不假裝幸福、不假裝不幸、誠實以對」定為宗旨。「不給予建議、不安慰對方」是因為對我來說，人在訴苦時比起得到安慰，更偏向只是想要表達，想要把內心的東西宣洩出來而已。我有位朋友經歷了讓人無比憤怒的事情，但由於羞於向他人傾訴，因此打算寫在日記裡，同時也希望就算寫在日記裡，在未來的某天也會有人拿起來翻閱。我想就是這樣的心情吧。想要傾訴的人，就是真的只想「傾訴」，但我們在不知道的時候都會有給予建議的強迫念頭，一旦對方無視我們的建議又會感到受傷。當我明白這件事後，選擇安靜地傾聽他人訴苦，對我來說自在了許多。

當您覺得需要出走的時候會怎麼做呢？

我會慢慢呼吸，像是要停止大腦機能般停止腦中的意念，然後眺望遠山或是抬頭仰望天空，有時也會閉上雙眼。

您希望《我的出走日記》在觀眾心裡成為怎樣的作品？

我希望這齣劇可以在觀眾疲憊的時候給予幫助，即使是一句台詞也好，我相信只要一句台詞就足夠了。

最後請寫下一封信，獻給喜愛《我的出走日記》的觀眾。

《我的出走日記》拍攝結束後，有一位導演這麼說，他相信現在可以把這齣劇交給觀眾了。無論觀眾是以何種心態接觸這齣劇，我相信只要作品的核心價值夠扎實，觀眾都會喜愛的。其實我也會擔心自己的想法能否透過訪談傳遞給劇迷，儘管如此，我還是很感謝大家對於這部作品的熱愛與支持，不僅是我，大家的喜愛也成了整個業界繼續努力下去的動力，謝謝大家。

我想藉這個機會向許多人致上感謝。首先是當我在十字路口猶豫不決時，總能明確指點迷津的金鉉潤導演。現在回想起來，那些一失足成千古恨的時刻還真不只是一、兩次而已，光是回想就讓人心驚膽戰，感謝導演讓我們順利抵達終點。另外還要感謝將劇本的文字賦予生命力的演員們，以及依據劇本指示、在現場打點一切的兩百名工作人員！能與各位一起共事是我的榮幸，謝謝大家。

朴海英

劇照

發行　SLL

製作　Studio Phoenix
　　　綠蛇傳媒、SLL

演出　李啓起、金智媛
　　　孫錫求、李伊
　　　千虎珍、李己雨、朴帥永
　　　鄭秀永、李京星、金羅莎

導演　金鉊潤

編劇　朴海英

製作　金鉊潤、金尚賢、趙俊亨

總製作人　黃屬景

製作人　金聖亞

攝影　張南哲、鄭真光、金亨鐘
　　　蘇洪燮

攝影1ST　申修亞、羅允勇

攝影組　洪德亨、張智雨、劉敏佑
　　　　李榮建、李聖浩、高永浩
　　　　白盛元、金賢宇

DIT　〔Digital Imageworks〕
　　　趙亨旻、金振秀

燈光　〔常綠製作公司〕趙德尚

燈光1st　劉光熙

燈光組　李勝宰、孔炳煥、金英恩
　　　　鄭允在、李道欽

供電車　尹勳才

同步錄音　〔SoundBest〕金銘宇
　　　　　崔賢宇、鄭景允

製圖　〔影像銀行〕郭景武、金大元

升降機　洪景信

選角導演　崔哲翁、林亞凜

助演　〔Line娛樂經紀公司〕
　　　李賢宇、劉勝烈

武術指導　〔LUCY娛樂經紀公司〕
　　　　　柳賢尚、金澤浩

美術指導　〔AJ Art〕安政勳

美術組　崔美羅、金賢慧、申朱亞
　　　　徐慧林

佈景製作　〔ArtrAde〕南勝柱

道具　〔AURA〕明載賢、江勝賢

道具組　林允彬、李勝賢、金佑真
　　　　李志賢

佈景裝潢　江佑美

服裝　〔LANG〕李慧蘭

服裝組　陳勝希、劉秀彬

化妝　〔ChaCha〕車敏真、李慧蓮
　　　李佑梨

特殊效果　〔Ace Effect〕田建益

演員車輛　〔Kuna Eagles〕黃景泰
　　　　　李忠賢

工作人員車輛　〔Kuna Eagles〕
　　　　　　　崔教煥

巴士　〔宥真聯合觀光〕張浩政

工作人員巴士　〔宥真聯合觀光〕李赫

道具車輛　徐長元

特效車輛　〔Inartwork〕沈大燮
　　　　　朴旻哲

編輯　李寶列

編輯助理　成羅妍、金恩景

音樂　金泰成

作曲　崔政仁、林美賢、朴政恩
　　　金蓮珍、尹彩英、申憲弼
　　　翁勝恩

音樂效果　〔GRANDSLAM MUSIC〕
　　　　　洪佳希

OST製作　〔Studio 心情C〕馬珠喜
　　　　　江妍希、梁知賢

Sound Design　〔Wavelab〕

Sound superviser/mix　李承珍

Re-recording Mixer　韓明煥

Sound Designer　鄭知英、朴智赫
　　　　　　　　金佑勳、李盛妍

Foley Mixer　宋允在

Foley Recording　成賢雅

Foley Artist　金榮國

VFX　〔RAF Studio〕

Executive VFX Supervisor　東恩哲

VFX Supervisor　宣東均、李鐘赫

Motion Graphics Artist　崔旻宇
　　　　　　　　　　金允正
　　　　　　　　　　趙圭尚
　　　　　　　　　　卓秀煥

2D Artist　明大允、崔在俊
　　　　　　朴棲賢、金尚木

3D Artist　李書恩、全允兒、崔智星

Concept Artist　金姸秀

DI　〔DEXTER THE EYE〕

Colorist　金伊光

Assistant Colorist　金子南、徐康赫

綜合編輯　〔JTBC媒體〕李榮直

技術支援　〔JTBC技術企劃組〕
　　　　　朴姸玉、金寶景
　　　　　朴鎮宇、安鐘賢

JTBC宣傳　載洙延、白尚永、趙有珍

JTBC行銷　李赫柱、李希元

JTBC網頁企劃　李尚美、林雅凜

JTBC網頁營運　尹多媛、金藝珍

JTBC網頁設計　金知英

JTBC製作編輯　江慧琳、徐賢秀

JTBC線上服務　數位伺服器組
　　　　　　　編碼組

JTBC媒體組　2S Solution、李鐘明
　　　　　　　金恩藍

宣傳代理　〔PRJ〕朴珍熙、金素英

行銷代理　〔WalterMitty〕鄭慶貞
　　　　　柳慧媛

線上宣傳代理　〔Prem company〕

李慧媛、安恩正
趙恩美、羅藝貞
江智媛、金智英

劇照／幕後　〔Bliss Content〕
　　　　　　金浩彬、鄭漢拏
　　　　　　朴秀賢

海報／設計　〔Pygmalion〕

海報攝影　朴政旻

劇本印刷　〔Angel圖書〕韓東民

助理作家　南慧貞、郭伊良

製作公司　〔綠蛇媒體〕

製作行政　李應吉、高元俊
　　　　　李元久、金允秀
　　　　　李宰淑、李元周

製作管理　金景熙、洪敏知

製作公司　〔STUDIO PHOENIX〕

製作行政　江允熙

SLL營運部　方鎮浩

SLL內容部　吳勝煥

SLL製作管理　崔民英、江宏萊

製作PD　高鎮赫、盧鐘賢、金羅莎

場地租借　李賢德、韓炳熙、奉知秀

SCR　盧珠賢

演出單位　夏世新、吳魁哲
　　　　　金夏延、金建周

外部助演　安弘茂

內部助演　禹娥凜

助演　崔寶允、李勝賢

Essential 42

我的出走日記 4
朴海英 劇本書
나의 해방일지 대본집 4

作者　　朴海英 박해영
譯者　　莫莉、郭宸瑋、黃寶嬋
書封設計　張添威
內文排版　立全排版
主編　　詹修蘋
行銷企劃　黃蕾玲、陳彥廷
版權負責　李家騏
副總編輯　梁心愉

初版一刷　2024年9月2日
套書定價　新台幣1400元

出版　新經典圖文傳播有限公司
發行人　葉美瑤
地址　臺北市中正區重慶南路一段57號11樓之4
電話　886-2-2331-1830　傳真　886-2-2331-1831
讀者服務信箱　thinkingdomtw@gmail.com

總經銷　高寶書版集團
地址　臺北市內湖區洲子街88號3樓
電話　886-2-2799-2788　傳真　886-2-2799-0909
海外總經銷　時報文化出版企業股份有限公司
地址　桃園市龜山區萬壽路二段351號
電話　886-2-2306-6842　傳真　886-2-2304-9301

國家圖書館出版品預行編目 (CIP) 資料

我的出走日記：朴海英劇本書/朴海英作；莫莉，
郭宸瑋，黃寶嬋譯. -- 初版. -- 臺北市：新經典圖
文傳播有限公司, 2024.09
第4冊；14 x 20.5公分. -- (Essential；42)
譯自：나의 해방일지 대본집
ISBN 978-626-7421-38-3(全套：平裝)

862.55　　　　　　　　　　113010649

This book is published with the support of the Literature Translation Institute of Korea (LTI Korea).